ラルーナ文庫

春売りの花嫁といつかの魔法

高月紅葉

三交社

CONTENTS

Illustration

白崎小夜

春売りの花嫁といつかの魔法

本作品はフィクションです。
実際の人物・団体・事件などにはいっさい関係ありません。

1

目的地の少し手前でタクシーを降りる。

密集する住宅と防風林に阻まれて潮風の気配さえ感じられない鄙《ひな》びた海沿いの町はずれに、ユウキが愛する能見義孝《のうみよしたか》の空手道場はひっそり建っていた。周りには小さな工場が点在していて、空き地も多い。

左手の薬指につけたピンクダイヤモンドのリングをいじりながら、ユウキは春めいた日差しの下をのんびり歩く。金属を叩《たた》く音がかすかに聞こえる。

「あっ！　ユウキさんっ！」

空き地の前に差しかかると、弾むように若い声が響いた。

古ぼけた二階建てのビルを背にして、ジャージ姿の若い男が空き地を駆けてくる。きりっと引き締まった頬《ほお》が、野性味溢《あふ》れる狩猟犬のようだ。いかつい雰囲気のわりに、躾《しつけ》の行き届いた無邪気な目をしているのがあどけない。

駐車場代わりの更地には雑草が緑濃く芽吹き始めていた。そこへ足を踏み入れたユウキは、一回り以上年下の男に会釈を返す。名前は知らないが、顔だけなら何度も見た。

「まだ、いるかな？」

そう尋ねると、使いに出るところだったのだろう男はくしゃりと顔を歪《ゆが》ませた。ユウキを年下だと思い込んでいるらしく、礼儀正しさの中にも気安さを滲《にじ》ませて腰を屈《かが》める。

「いますよ。一時間ぐらい前に『奥さん』が来たんで、総当たりの稽古《けいこ》になってます」

「また？」

それ以上は言葉に出さず、同情の視線を向ける。

「ほんと、あの人は強いですよね。あの蹴《け》りの重さ……ハンパないッス」

能見と内縁関係にあるユウキを差し置き、この道場で『奥さん』と呼ばれているのは、岩下佐和紀《いわしたさわき》という男だ。能見が所属する遠野《とおの》組の上部組織である大滝《おおたき》組若頭補佐・岩下周平《しゅうへい》の男嫁で、ユウキにとってはかつて、憎たらしいだけの恋敵だった。

佐和紀と周平が結婚して三年。周平の経営するデートクラブの男娼《だんしょう》を引退したユウキが能見との別居婚を始めたのは去年、資産家の樺山大悟《かばやまだいご》に身請けされ『樺山祐希《ゆうき》』となった直後のことだ。

男娼を養子にした樺山の恩に報いるため、能見との入籍はしなかったし、今後も予定はない。まだ社会的な同性婚の制度も整っていないし、紙切れだけのことだと能見は気にもしていない。

「声、かけましょうか」

ユウキを気づかう門下生の言葉に、微笑《ほほえ》んで首を振った。

「いいよ。自分で行くから。ありがとう」

何気ない言葉に、相手の顔が真っ赤になる。すれ違ってから、ユウキは自分の頬をひと撫《な》でした。

十代にしか見えないことを売りにしていた男娼生活を引退して一年。長年続けていた女性ホルモンの投与は、段階を踏んで完全にやめた。とはいえ、どこの毛が濃くなることもない。

ヒゲもわきもシモも、年齢の出そうな場所はすべて脱毛済みだ。いまさら声変わりが来るわけでもなく、よそ行き声はボーイソプラノのまま、地声もそれほど低くはなっていない。

長くふさふさにしていたまつ毛のエクステも一時期は完全にはずしたのだが、最近になって目尻《めじり》にだけつけてみた。

道場のドアに映る顔を一瞬だけ見つめる。自己満足だなと、ユウキは思った。

これ以上は年をごまかせないと引退を通告されたときから覚悟はしていたが、この一年ですっかり老けてしまった気がする。永遠の十六歳から現実的な二十七歳になったのだ。あちこちに現れる不都合は隠しようもない。

「来てたのか」

ドアが開き、金髪の男が顔を見せた。髪を短く刈り上げ、首にジャラジャラとネックレスをつけている。みるからにチンピラ。その筋の人間だ。

佐和紀の世話係の一人、石垣保《いしがきたもつ》だった。

「いま、うちの姐《あね》さんも終わったところ。能見さんはもう……」

その続きを口にする前に、石垣の肩の向こうから佐和紀が顔を出した。

「さっさとシャワーに行った。つれないよな」

汗だくの額に貼《は》りついた前髪を搔《か》き上げ、石垣の胸ポケットへ手を伸ばす。自分の眼鏡《めがね》をするりと抜き取った。石垣は迷惑そうに眉《まゆ》をひそめたが、本心は真逆だ。きれいな佐和紀の指先が首元をかすめ、背後にぴったりと寄り添う気配に全身で緊張している。

自分の美貌《びぼう》に自覚があっても、その影響までを想像しないのが佐和紀だ。

「腹減ったからさぁ。何か、食べに行こう」

にっこりと笑いかけられ、ユウキはぎりっと睨《にら》み返した。

「ヤダ。これからデートなの。邪魔しないで」

「小一時間ぐらい、いいだろ」

何もよくない。別居婚をしているユウキたちにとって、二人きりの時間は貴重だ。日頃から、能見は遠野組の用心棒として忙しく、ユウキは隠居の樺山を退屈させたくなくて単独行動が難しい。肝心の『夫婦生活』は、週に数えるほどもないのが現状だ。

「ちょっとお茶したら、遠慮するから」

なおも食い下がる佐和紀を、石垣が肩越しにちらりと見た。

「嫌がられてますよ」

「ユウキはいつもこうだろ」

「違うったら！　嫌がってるの！」

靴底をコンクリートに叩きつける。

「真昼間なのに、そんなにセックスしたいんだ……、ふぅん……」

わけ知り顔で佐和紀が目を細め、ユウキの頭に血がのぼる。怒りに任せて、さらに地団駄を踏む。

「ば、ばっかじゃないの！」

叫んだのと同時に顔が熱くなる。

「あ、図星。やぁらし……」

きれいな顔がからかいの笑みを浮かべると、ユウキも認めるほどの艶《なま》めかしさが滲む。

それはすべて、周平が引き出したものだ。

恋敵として横ヤリを入れてやったときは、戸惑いと苦悩がないまぜになった表情をして、ろくに言い返せないほど恋にウブだった。その頃が懐かしいとさえ思い、ユウキは頬を膨らませる。

「姐さん。そんなふうにからかうと、余計に遊んでもらえなくなりますよ」

石垣が苦笑いをこぼす。佐和紀はさらにあごをそらした。

「どっちにしたって、能見がいたら遊んでもらえねぇじゃん。友達なのに、冷たいよな」

「今日は、本当に久しぶりの昼デートなんだよ」

ユウキは声をひそめた。入り口に肩を預けた佐和紀が、胸の前で腕を組む。

「ホテルの部屋を取ってあるって、それはもう楽しそうに……」

「あ、それ。口止めされて……」

石垣が言葉を挟んだが、もう遅い。佐和紀は飄々《ひょうひょう》とした顔で笑った。

「そうだった。聞かなかったことにして」

「あんたって、本当に……」

続きは言うまでもない。ユウキが口をつぐむと、出入り口に立った佐和紀と石垣の間を掻き分けるようにして能見が現れる。

「来たか。遅いから心配した」

両手が伸びてきて、頬を包まれる。佐和紀と石垣に道を譲られ、能見がひょいと飛び出てきた。

「かわいい顔して」

にやにやと覗《のぞ》き込まれ、次の瞬間にはチュッとキスされる。思わず踵《かかと》が浮きそうになって、ユウキは気恥ずかしさに顔を歪めた。それがはにかみに見えたらしい能見は、いっそう幸せそうに目尻を下げて、肩越しに佐和紀を見た。

「奥さんも汗流してきたら？　それから……」

「ダメなんだって」

佐和紀が答える。

「おまえとエッチしたいから、俺たちとはお茶したくないって」

「そうなのか」

能見が振り返る。ユウキは否定はしなかった。

「そういうことなら、遠慮して。お茶はまた今度」

「ほんっと、付き合いの悪い夫婦だな。仕方がない。タモツ、俺たちもデートに行こう」

世話係の肩をポンッと叩いた佐和紀が、笑いながら道場の中へ戻っていく。残された石垣は軽くため息をついて踵《きびす》を返す。

佐和紀がシャワールームを使用しているときは、門下生も近づかない。それでもなお、石垣は出入り口に立って見張るのだ。

「……石垣くんは、好きなんだろうな」

首からタオルをかけた能見が、ポケットから煙草《たばこ》を取り出す。

「報われないのにね」

答えながら出入り口を避《よ》けて移動する。

「でも、デートって言われて、ちょっとニヤついてなかったか」

「そこが報われないところなんじゃない？」

煙草に火をつけた能見がコンクリートの端に腰を下ろす。横に座ったユウキを振り向き、指に挟んだ煙草を遠ざけた。

「吸っちゃったけど、もう一回いいか」

「ん？　なに、が……」

聞き終わる前に、頬にくちびるが押し当たる。煙草の匂《にお》いがして、胸の奥がきゅんと痛む。

ユウキの顔から笑みが消えると、怒っていると思うのだろう。能見は困ったように、タオルで口元を拭《ぬぐ》った。

嫌なのは、狭い部屋で何本も吸われることだ。それから、口の中に煙が残ったままでされるキスも苦手に感じる。

でも一口吸った程度なら平気だと、言えないままに一年が過ぎてしまった。煙草をやめられないながらも、ユウキに対する気づかいを怠らない能見は、もうすっかり確認することが癖になっている。

それが嬉《うれ》しいから、平気だと言わない。

改めて近づいてくるくちびるを受け入れると、能見は火をつけたばかりの煙草を消してしまった。片手で肩を抱かれ、もう片方の手で太ももを引き寄せられる。恥ずかしげもなく、ぴったりと身体《からだ》を密着させ、開いたくちびるの間に舌が忍び入る。

「んっ……」

舌先が煙草の味を感じると、ユウキの身体はブルブルッと大きく震えた。身体の芯《しん》が熱を持ち、待ちきれずに太い首へと腕を絡めた。

「ね……、行こう。二人っきりに、なりたい」

ユウキの身体はもうとっくに裸の能見を思い出していた。汗に濡《ぬ》れた肌が重くのしかかってくる窮屈さが恋しくて、誘った声もまた甘く震えていく。

一瞬だけ野性味のある目になった能見は、すぐに欲情を隠す。そして、満面の笑みでうなずいた。


佐和紀がうっかり口を滑らせた通り、能見が押さえていた海沿いのホテルで半日を過ごした。

会えなかった時間を埋めるようなセックスをして、二人で風呂《ふろ》に入って、それからまた繋《つな》がって、疲れた身体を寄せ合い、泊まってしまおうかと相談し始めた矢先。能見の電話が鳴った。

顔つきで相手がわかる。眉間《みけん》にシワが刻まれ、精悍《せいかん》さにほんのわずかな乱暴さが混じれば仕事モードだ。ユウキは何かを言われる前に身繕いを整えた。能見が脱ぎ散らかした服を集め、椅子《いす》の座面に置く。

「悪いな。呼び出しがかかった。送っていく時間はあるから」

申し訳なさそうな声で背中から抱き寄せられ、拗《す》ねたふりをして身体をよじらせる。能見のくちびるが首筋をなぞりあがった。

「もう一回、イカせてやる時間もあるけど……？」

ぞわりと震えた肌の反応に、能見の手が股間《こかん》に伸びる。パンツの上から揉《も》みしだかれそうになり、ユウキは肘《ひじ》で能見を押しのけた。

「中途半端なのはイヤ」

窓辺に逃げると、カーテンの向こうはもうすっかり夜の気配だった。春の薄闇《うすやみ》の中に、広い海原が見える。

「……家に帰って、大悟さんと夕食を食べる」

ユウキがつぶやくと、また背後から抱きしめられた。服を着た能見の身体は裸のときと変わらず温かい。すっぽりと抱きしめられ、息づかいを耳元に感じる。

「ごめんな」

「どうして謝るの」

「いや、その……」

仕事が急に入って、と言いたいのか。

一緒に暮らせなくて、と言いたいのか。

能見にしては歯切れが悪い。それがそのまま、二人の間にある関係だと思い、ユウキは静かに目を閉じた。

本当に謝らなければいけないのは、自分の方だ。

求婚されて受け入れたのに、能見との同棲《どうせい》よりも樺山との同居を選んでいる。仕事をしなければ生きていけないとわかっていて、身体から滲み出る残念ムードを完全に隠すこともできない。もっと会いに来てとねだれば、大義名分ができた能見は夜毎《よごと》に通ってくれる。なのに、柄にもなくわがままを言えないで日々だけが過ぎた。

こんなにきちんと『お付き合い』をするのは、ユウキには初めてのことだ。『恋人』と呼ぶカレシは何人もいたが、所詮《しょせん》は先の知れた仲だった。だから、日増しに遠慮の方が勝ってしまう。嫌われてもいい、明日なんてなくてもいい。そんなふうにはもう思えなかった。

「もう一回、ヤりたい」

どんな深刻なムードも台無しにしてしまう能天気さに、心の奥がふっと軽くなる。

「だぁめ……」

能見の腕の中で、くるっと反転した。向かい合い、逞《たくま》しい頬を両手で包む。

「腰に力が入らないんじゃ、用心棒失格でしょ？」

「いっそ、クビになればなぁ……」

ポロリと洩《も》れる本音を、ユウキは親指で押さえる。

「義孝。家まで、送って……」

そっとキスをして、身体を離す。

この一年で、能見の置かれている状況はだいたい見えてきた。

社会的な転落を味わった能見にとって、食い扶持《ぶち》を繋いでくれた遠野組は恩人だ。お抱えの用心棒として組の末端に名を連ね、若い衆を鍛えるための道場運営も任されている。

楽なシノギに見えるが、実際はかなり大変だ。道場運営で集まる金は組へ吸い上げられ、用心棒代もあってないようなものだろう。

だから、能見は金になる仕事を受けるのだ。名前も顔も知らない相手を、依頼主の言うがままに痛めつける行為は、プロの格闘家だった能見には一種のタブーに違いない。

用心棒という耳触りのいい言葉で自尊心を慰める能見の本音が、『クビになりたい』というぼやきに透けて見え、ユウキは戸惑う。

一部では幹部昇進云々《うんぬん》と噂《うわさ》されているが、まだ盃も交わしていない準構成員だ。囲い込みで都合のいいように飼い殺しにされている。それが能見の置かれている現状だ。

ヤクザの歯車に組み込まれたら、解雇通知一枚では終われない。金で決着をつけるだけの稼ぎがあると知られれば、続けてタカられる。組関係者でなくなれば、なおさらだ。

大滝組に出入りしているユウキは、カタギに戻りたいと思ったばっかりに、さらに立場を悪くするヤクザを何人も見てきた。だから、容易にどうしてくれとは言えない。

そのままホテルを出て車に乗り、山の手にある樺山の屋敷まで向かった。

「挨拶《あいさつ》してから行く」

時計を見た能見が言う。帰宅ラッシュの渋滞にハマらずに到着できたおかげで、能見の仕事までは若干の余裕があった。

三階建ての瀟洒《しょうしゃ》な洋館の玄関には車止めの屋根がある。その下で車を停め、シートベルトをはずしたユウキは助手席のドアが開くのを待った。

樺山は優しい老人だが、それは養子にしたユウキに対しての顔だ。

義理の息子の婿である能見に対しては、義父以上の辛辣《しんらつ》さを端々に見せる。せっかく身請けした愛人を嫁に出したのだ。それぐらいの憂さ晴らしはしたいだろうと、能見も初めから覚悟の上で受け流す姿勢を取っていた。

そんな二人の関係がこの頃、変わってきている。夏が終わった頃からだ。ユウキには理由さえわからない不思議な緊張感が、樺山と能見の間に走るようになった。でも、能見の足が遠のくことはない。今夜も覚悟を決めた顔をして玄関の戸を開く。

駆けつけた老家政婦が腰を屈めて微笑んだ。

「おかえりなさいませ、ユウキさん」

「ただいま。義孝は大悟さんに挨拶するだけだから。ご飯は予定通り、二人分でいいよ」

「承知しました。旦那《だんな》様は書斎にいらっしゃいますので、お呼びいたしましょう。どうぞ、応接室でお待ちください」

きれいに揃《そろ》えた指先で示され、玄関脇《わき》にある応接室へ入る。待つほどもなく樺山が姿を現した。

そろそろ傘寿を迎える高齢だが、背筋はすっきりと伸び、シワの深い顔に凛々《りり》しさのある紳士だ。

「やぁ、能見くん。元気そうだな」

入ってくるなり投げられる言葉には見えないトゲがある。ついさっきまで身体を重ねていたことを見透かしてのことだ。

「おかげさまで……。ありがとうございます」

樺山にしては子供っぽすぎる当てつけを、能見はいつものようにさらっとかわした。

ユウキが手を貸して、樺山をソファへ座らせる。そのままソファの肘掛けに座るように促され、年老いた手が太ももに置かれる。

シワだらけの大きな手を、ユウキは両手で握った。

「食事には同席しないと聞いたが？」

樺山の問いに、立ったままの能見が答える。

「仕事が入りました。すぐに失礼します」

「仕事か……。殴る相手は、カタギか？　ヤクザか？」

ふっと笑った樺山は、タンの絡んだ咳《せき》ばらいをした。

部屋の雰囲気がうっすらと冷たくなったが、気にするのはユウキだけだ。

「後ろで立ってるだけです」

能見はしっかりとした声で答える。

「代わりに看板でも立てておけばいいだろう」

「……そうですね」

「ここ数日は、うちにも顔を見せていなかったようだが」

「いいんです。大悟さん」

とっさに割って入った。ユウキが答えると、ため息をついた樺山に仰ぎ見られる。

「なにがいいものか。毎日、憂いを帯びた顔を見せられる私の身にもなりなさい。うっかり、寝室へ呼んでしまいそうだよ」

「それは、困ります！」

能見が叫んだ。樺山に睨まれ、つんのめった姿勢で動きを止める。

「憂いなんて、帯びてません」

うつむきながら答えたユウキは、自分の頬を片手で押さえた。肌が熱いから、赤くなっているのだとわかる。

憂いじゃなくて欲求不満だとは言えなかったが、樺山も能見もわかりきっているはずだ。男娼として、かなりひどいセックスをしてきたのに、能見とのそれを思い出すと恥ずかしくなる。

自分でも純情ぶっているとは思うが、身体の反応だけはどうしようもなかった。

「からかって悪かったよ」

ユウキの片手を握って揺すり、樺山は静かに息をつく。それから能見へ向き直った。

「話がある。座ってくれるか。……君に、頼みがある」

そう切り出され、向かいの席へ座った能見の顔に緊張が走る。

「河島《かわしま》という男がいる。私が手元に置いて育てた男で仕事は一流だ。しかし、子供の育ち方がどうにもよくない。長男が数日前に駆け落ちをしたという話だ」

樺山はソファに深く腰かけた。隣に座るように促されたユウキも肘掛けから移動する。

「御曹司を連れ戻して欲しい」

樺山に言われ、

「相手の素性と行先は？」

能見は即座に返した。

「女の名前は今泉楓果《いまいずみふうか》だ。年齢は二十五。経歴に難がある。河島の御曹司は二十八歳で、名は尚貴《なおき》。育ちのいい坊やだ。手切れ金なら、払う準備はある」

「別れさせて、御曹司だけ連れて戻ればいいですか」

「それがベストだな。できれば、女の方はしばらく監視して、妊娠していないかの確認も頼みたい」

「わかりました」

「居場所については、河島の秘書が探し出した。新潟のK市だ。下手に興信所や探偵を使えば、後々で揺すりたかりのネタになりかねない。君の方でうまい具合に対処できるか」

「やります」

表情を引き締めた能見がうなずく。

「これが二人の写真だ。尚貴くんの実家については外に洩らすな」

写真を並べた樺山が口にした父親の勤め先は超一流商社だった。週刊誌あたりに嗅《か》ぎつけられたら、どぎつい記事になりかねない。

尚貴の方は記念写真の一枚なのだろう。育ちの良さが滲み出た明るい印象の青年だった。

一方の楓果も、御曹司を騙《だま》して金をせびろうとするアバズレには見えない。ぼってりとしたくちびるがコケティッシュで愛らしい笑顔をしていた。

　ごく普通のＯＬと御曹司が恋に落ちて燃え上がっただけに見える取り合わせだ。写真だけなら、お似合いのカップルにも思える。

「詳しい話は明日の昼にしよう」

　能見の予定を気にした樺山が話を切り上げる。時計を確認した能見は、ユウキの見送りも断り、一礼して応接室を出ていった。

　後を追えば、別れのキスをしてしまう。くちびるが触れ合えば、ホテルでの情事を思い出した身体が疼《うず》く。見送りに出たい気持ちを振り払い、ユウキは女の写真を手にした。

「いつの写真かな、これ」

「数年前だろう。宣材用に見える」

　樺山が答え、写真をすっと抜き取った。

「モデルか女優の卵だ。……そんな女が、御曹司との駆け落ちを画策すると思うかい。さっさと子供を作って結婚した方が早い」

　ふっと笑い、写真をテーブルの上に戻す。

　案件の裏側に何があるか、樺山は知っているのだろう。

「能見は、用心棒が本職なんだよ。こんなことで試すなんて、いまさら……」

　ユウキはくちびるを尖《とが》らせた。裏がある案件を能見へ回したことがおもしろくない。

「試されて臆《おく》するような男なら、遊び相手にも向かないだろう」

「……僕の旦那ですけど」

「『泊めてください』と、その一言が口に出せない臆病者だ」

「それは、僕と大悟さんの関係を思って……。彼なりに気を使ってるんです」

「セックスだけしてすごすご帰っていくような男は、どうにも好かないね」

いつになくグサリと刺され、ユウキはムッとして押し黙った。

「最近の彼はどうだ、ユウキ。床《とこ》でも優しくなる一方だろう。優しいというのは、当たり障りがないということでもある。もっとヤキモチを焼いて、君に狂うとばかり思っていたがねぇ……」

予想をはずしたと言いたげな樺山は、遠くをぼんやりと見つめ、

「よほどかわいいんだろう。君のことが……。けれどね、そういう優しさは臆病の裏返しだ」

「だけど、それは」

「いいかい、ユウキ」

そっと人差し指でくちびるを押された。黙らされて、顔を覗き込まれる。

「君に優しくしたいばかりに、とんびにあぶらあげを盗まれた男がここにいるだろう。あの男に二の舞は踏ませたくない。君の恋の相手が変わるのを見ていられるほど寛容ではな

いよ。能見を最後にしたいんでね。まぁ、しっかりやってもらわなくては……、な」

　樺山がゆらりと立ち上がり、ユウキは慌てて手を貸す。

「義孝が泊まらないのは、大悟さんが嫌味を言うからだよ。家の者でもないのに迷惑だと言ったじゃない」

「真に受けるかね、あんなたわごとを。だいたい、それが嫌ならここへは入れないよ。同じ屋根の下で君が抱かれているだけでも、釈然としないのに」

「しないんですか？」

　一年も過ぎて、まだ言われるとは思わなかった。

「彼に会った後はやけに艶《つや》っぽい顔になる。今日もそうだろうね。ずいぶんと満足した顔をして」

　不意打ちに頬を撫でられ、ユウキはまた肌を火照《ほて》らせる。

「真っ赤になるほどいやらしいことを強要されてるとは思えないけどね。二人で、どんなことをしているのやら」

　からかいの笑みを浮かべた樺山に、ぎゅっと手を握られる。

　温かい手のひらを握り返し、ユウキはうつむいた。

「恋する君が愛らしいから、それでいいんだがね」

　優しい声でささやき、樺山は食堂へ向かって歩き出す。

「とはいえ、成長しない愛には先がない」

声に深い含蓄を感じ、ユウキの胸の奥は、弾《はじ》かれた弦のように揺らいだ。

＊＊＊

樺山からの依頼でもっとも難しいのは、能見自身の新潟入りだ。都合がついて一泊二日。運が良ければ二泊三日。

用心棒という名の便利屋だ。幹部の警護には運転手仕事も含まれているし、他の組織の助っ人に貸し出されたり、格闘家だった頃を知っている相手に見せびらかしたいがために、酔っぱらった幹部から呼び出されることもある。

それが真夜中だろうが早朝だろうが、電話を取れば最後。駆けつけるのが筋だ。電話に出られなかったり、断ったりすれば、ペナルティが待っている。

それでも、チンピラたちに比べれば、マシな方だ。道場を持たせてもらっているし、呼び出しの内容によっては門下生を行かせることもできる。

誰《だれ》かに口利きを頼み、適当な仕事を仕立ててもらった方が動きやすいかもしれないと思いながら、能見は今夜も用心棒として幹部の後ろに控えていた。誰に頼めばいくらかかるか、ぼんやりと試算する。

「それ、うちの能見にやらせますよ」

いきなり名前を出され、能見は弾かれるように顔を上げた。

視線が集まる中で、幹部がソファの背に腕をかけて振り向く。

一枚の写真を差し出された。

「能見。この女だ。沢渡《さわたり》組の清水《しみず》をヤク漬けにした愛人。どこから流れたブツなのか、それを確認して上に報告しなきゃならない。引っ張ってきてくれ」

「どこにいるんですか」

「新潟。K市の飲み屋街で見たって情報がある」

どこかで聞いた地名だ。そう思いながら写真を見た能見は驚いた。同じ女の顔を、樺山の屋敷でも見た。今泉楓果だ。

シマを離れる大義名分ができたと、胸を撫でおろしたい気分になったと同時に、そんな女が御曹司に近づいていたのだと気づかされる。

「驚くだろ？　かわいい顔してんだよ。これでヤクザをたらし込んだってんだから、こわいよな。おまえも気をつけろ。……まぁ、傷ひとつつけずに持ってこいとは言わないから」

にやりとイヤな笑い方をして、幹部は肩を揺らした。

「これが目撃された場所の住所。どっかでホステスでもやってんだろ。店をシラミつぶしで当たってくれ」

　差し出された書類を受け取ると、幹部は腰を上げた。会談の相手を応接室の外へと促し、これで自分の仕事は終わったと言わんばかりにぐるぐる肩を回す。

「オヤジの顔を立てなきゃならないから、一週間で頼む。まぁ、三日で結果が出ればボーナスやるよ」

　軽い口調で言って部屋を出ていく。残された能見には同情の視線が集まった。要するに手弁当の仕事だ。

　三日で連れ戻せば経費を払うが、それ以上かかれば能見のペナルティ。一週間で見つけ出させなかったときのことは考えたくもない。

「妬《ねた》まれてんだよ」

　組事務所の応接室にいた男たちの大半が消えると、飯塚《いいづか》が近づいてくる。能見を用心棒にと推してくれた恩人で、遠野組の中では一番親しい男だ。写真を引き抜かれた。

「確かに、かわいい顔。おまえ、好みじゃない？　どうせ、こっちに連れてきたら悲惨なんだから、あっちである程度教えてやったら？」

　いかつい顔をした飯塚も、幹部と同じ含み笑いをこぼす。でも、すぐに苦笑を浮かべた。

「無理か。おまえ、結婚したんだよな」

　道場の門下生には事実婚を宣言しているし、それなりに親しい人間にも報告済みだ。ただし、ユウキの過去の経歴については言っていない。

能見とユウキが出会うきっかけを作ったのだが、本人はすっかり忘れている。だから能見も口にしなかった。

「男に鞍替《くらが》えしちゃ、エロかわ美人にも勃《た》たねぇよな」

「……勃ちますけど。っていうか、妬まれてるってなんですか」

「あー。それな。おまえの道場に『大滝組の御新造《ごしんぞう》さん』が通ってんだろ？」

「あぁ……。それは」

能見たちが『奥さん』と呼ぶ、佐和紀のことだ。大滝組では『御新造さん』と呼ばれているらしい。最近では、下部組織にも知られ、それなりに名前が売れてきた。

女のように楚々《そそ》として美しい、若頭補佐の恋女房。ただし、性別は男。という触れ込みだが、そこに『狂犬注意』の文字がないのが肝だ。まだみんな、本当の佐和紀を知らない。

「最近、岩下の覚えもめでたいって言うじゃん。あの人に気に入られるなんて、どうやった？　俺の知り合いなんか、意気込みすぎてさ、ナニをしゃぶろうとして半殺しにされたからな」

「それはやり方が、雑すぎるんじゃ……」

「おー、俺もどうかと思った。やっぱ、御新造さんの口添えか」

「そうじゃないっすか」

岩下は冷徹な男だから、自分のデートクラブの男娼が身請けされた後のことまでは関知しない。だが、嫁が友人夫婦の懐具合を心配すれば別だ。

用心棒として声がかかることが増え、組に賃料を払った上で、能見にも即払いしてくれる。だから、急な慶弔で困ることもなくなったのはありがたい。ときどき都合をつけてもらっていた闇金から嫌味を言われても、どこ吹く風だ。

「代わりに、道場での稽古代はもらってませんよ」

「あの御新造さんが汗だくになってる姿見てんだろ。おまえが金払えって話だ」

「……飯塚さん。まさか」

「ねぇよ！」

勢いよく叫ぶところが怪しい。

「うちの道場に通うとか言わないでくださいよ。生徒が嫌がりますから」

「うっせぇよ、てめぇは！　勝手に妬まれてろ！」

眉を吊《つ》り上げた飯塚が床を踏み鳴らしながら出ていく。応接室を覗き込んでいた別の構成員が、驚いたように肩をすぼめた。

「なんだ、あれ。……よぅ、能見」

ひょいと手をあげたのは、田淵《たぶち》という五十絡みの古参構成員だ。飯塚よりも格上で、次の人事では役付きになれると噂されている。短躯《たんく》だが横幅があり、頭はさっぱりとした丸刈りだ。

笑うと愛嬌《あいきょう》が出るのだが、目つきだけはいつも鋭い。

「ちょっとコーヒーでも飲みに行こう」

親しく付き合っているわけでもない田淵に手招きされ、内心で警戒する。でも、断る口実はない。これも付き合いのひとつだと後についていき、事務所そばのひっそりとした喫茶店へ入る。

まだ昼すぎなのに、客は一人もいない。田淵は店主を呼びつけ、閉店の看板を出させた。妬まれているという話を思い出し、そこはかとない雲行きの悪さを感じたが、チンピラが隠れている気配はなかった。

「新潟の一件、おまえが任されたって？」

「明日の朝一で行きます」

「詳しい話は聞いたか？」

ソファにどっかりと座った田淵は、煙草に火をつけ、身体を斜めにして短い足を組む。

「沢渡組の依頼がまわりまわってうちに来たって感じでしたけど」

「清水がヘタ打って、大滝の直系がババ怒りってやつだ。沢渡組の槙原《まきはら》ってのが岩下と古い付き合いで、先手打ってタレ込んだから、警察沙汰《ざた》にはならずに済んでる。一度でも目をつけられたら、売買ルートを探られて、痛くもない腹を探られるからな。運が悪ければ沢渡組の組長まで刑務所《ムショ》行きだ。それにしたって、岩下って男はいけすかねぇよな。男と結婚するようなバカのくせに、あっちこっちに顔が利いて胡散《うさん》くせぇったらねぇだろ。なぁッ!?」

怒鳴るように同意を求められ、能見は静かにあごを引く。うんともすんとも言えない話だ。

田淵はにやっと笑った。

「おまえは岩下に気にいられてるって話だな。新婚の嫁がおさがりだってのも、本当の話なんだろう？　ユウキ、だっけ？　まだ店に出てた頃、おこぼれでハメたことあるけど、あれはいいケツだったたな。しばらく後ろばっかり掘りたくなったもんなぁ。いまはおまえが性欲処理してやってんだろ」

「話って、これですか」

無表情で尋ねると、田淵はなおもニヤニヤ笑い、

「嫁のケツを貸せって話じゃねぇよ。でもまぁ、そうなるかもしれないけどな。新妻を大事にしたいなら、首は縦にだけ振ってろ。……おまえが連れ戻すことになった愛人の楓果って女だけどな。俺が回したブツを持ってんだ。意味わかるだろ？　それを取り戻してくれ」

「覚醒剤《かくせい》、ですか」

「そんな物騒なもんじゃないな。合成麻薬ってヤツだ。吸えばガンギマリするセックスドラッグ」

「ヤクはご法度じゃないですか」

「てめぇに言われるまでもねぇよ」

田淵は喉《のど》の奥で笑い声を響かせ、煙草を深々と吸った。遠野組も沢渡組も、関東広域を治める大滝組の二次団体だ。上部組織の大滝組は覚醒剤をはじめとする薬物のシノギを全面的に禁止している。

もちろん裏で売買はされているが、主体となっているのは、警察に捕まってもしっぽ切りできる組織外の団体だ。

「末端で二千万円のブツだ」

吐き捨てるように口にした田淵がぎりぎりと奥歯を噛《か》んだ。夜叉《やしゃ》のように歪んだ顔は悲壮感が漂い、それが手元へ戻らなければどうなるかを安易に想像させる。

「ブツが戻れば、それでいいんですか」

「そんなわけあるか。女も始末してくれ。岩下の配下が動いてんだ。あの程度の女なら俺のこともペラペラ話すだろ。邪魔なんだよ」

田淵はたわいもなく、恐ろしいことを口にする。

「組には自殺したって言えばいい。そのときは俺も口添えしてやる。おまえもな、話は聞いちまっただろ？　もう後には引けねぇぞ」

「俺が、岩下にタレ込むとは、思わないんですか」

「できるなら、やれよ。ただし、嫁も義理の父親も無事じゃねぇぞ。樺山って男は、経済界の重鎮らしいな。合法ロリが売りの男娼に入れ込んだって話は週刊誌の喜ぶネタだろ。いい歳《とし》したジイさんがマスコミに追い回されるってのもいいじゃねぇか。そんでもっておまえの新妻は、俺の舎弟たちがな……」

それ以上は聞くまでもない。能見は手のひらを目の前のテーブルに叩きつけた。

「ユウキに手を出すな」

口にした瞬間から背筋が凍る。これほどカッコのつかない言葉もない。田淵とこの喫茶店に入ったときから、もう抜き差しならなくなっていたのだ。

一度でも手を貸せば、この先は何度でも恐喝される。田淵の汚れ仕事はすべて回ってくると考えた方がいい。

だが、聞いてしまった以上は『忘れます』で済む話でもなかった。断ればユウキはまた過去の生活に逆戻りだ。樺山も老体にムチ打たれ、今までの業績さえも地に落ちる。

回避する方法は、ひとつ。

いまは田淵の言うままに動き、それからゆっくりと田淵の弱みを探していく。失脚させることができればベストだが、先行きは暗く、現実は泥沼でしかなかった。

降って湧《わ》いた不運に膝《ひざ》がわなわなと震える。力ずくで押さえると、田淵はにやにやと笑った。

「おまえはバカだよな。あの道場でせせこましく先生ごっこしてれば、それなりに生活できたのに。岩下とかかわったりするからハズレを引くんだ」

「関係ないと思いますけど」

強がりが上滑りして、田淵の失笑を誘う。

「生き残る方法はな、能見。子供の一人も産めないような淫売《いんばい》の嫁を捨てて、岩下の靴先を舐《な》めることだ。おまえだけは助かるだろうよ。……リングの上じゃ、あれほど輝いてたってのに、おまえの現役での苦労はなんだったんだろうなぁ。いまじゃ鼻紙にもならねぇ努力だ。人生の皮肉ってやつかもな。俺が憎けりゃ、楓果を殴り殺してブツを持ってこい」

田淵が煙草を揉み消して立ち上がる。能見はまだ真正面を睨み据えたままでいた。

「失敗するなよ、能見」

田淵の手が肩を摑《つか》んでくる。

「せっかくのかわいい嫁が、ヤク漬けにされてぶっ壊されるぞ。まぁ、あの感じじゃ、腰振って喜ぶかもしれねぇけどな」

去り際の笑い声はいつまでも耳にこだました。拳《こぶし》を握った能見はゆっくりと深呼吸を繰り返す。

落ち着こうとすればするほど気持ちが乱れ、考える端《はな》からとりとめなく拡散していった。

車に乗っても苛立《いらだ》ちだけが募り、道路の端に寄せて停まる。ハンドルに顔を伏せると、携帯電話が震え出した。

相手は飯塚だ。無視できずに回線を繋ぐと、ガサツな声が聞こえてきた。

『おまえ、田淵さんとどこ行ってた』

「何の話ですか」

『しらばっくれんな。あの人、上から目をつけられてんだ。沢渡組の薬物中毒《ヤクチュウ》に一枚噛んでるんじゃないかって』

「そうなんですか?」

『そうなんじゃないかって、話だ。俺が知るわけねぇだろ。とにかく、厄介事を押しつけられたんなら……』

「だいじょうぶです。そんなことじゃないんで」

電話の向こうの飯塚は怪しんでいたが、本当のことを口にするわけにはいかなかった。

飯塚もまた、絶対的な信頼を寄せていい相手じゃない。

こうして電話をくれているのも、能見の後ろに佐和紀と周平がいると思うからだ。打算なしで動くヤクザなんていない。だからこそ、下心は見えている方が安心できる。それだけのことだ。

『まぁ、何かあったなら、俺よりもあっち頼った方が話が早いからな。手遅れになる前に』

飯塚の忠告を能見は笑い飛ばした。電話を切る。身体中の力が抜け、しばらくぼんやりと窓の外を眺め、奥歯を嚙んだ。

懐かしさのある絶望感を思い出し、煙草に火をつける。

野球賭博《とばく》で捕まったときも、マスコミに追い回されたときも、信じていた友人に手のひらを返されたときも、同じように絶望した。自分には何もないと思った瞬間から、すべてがどうでもよくなり、金のために人を殴るならリングの中も外も関係ないとうそぶいた。

忘れたはずの息苦しさが煙草の煙と一緒になって抜けていく。

目を細め、夕暮れ間近の歩道を睨みつける。行き交う人の流れは途切れなかった。

いまは、あの頃と違う。能見の脳裏にはユウキがいて、心の隅っこにも笑顔が残っていて、車を走らせれば華奢《きゃしゃ》な身体で抱きついてくれる。

なぜだか、裏切られることはないと信じられた。

ユウキだけは、どこまででもついてきてくれると思う。たとえ汚れ仕事を受け持つことになったとしても、ユウキがそばにいてくれるならそれでいい。

絶対的な信頼感を裏打ちしているのは、自分以外にユウキの過去を受け止められる人間はいないと思う、うぬぼれだ。

それは下卑た考えだろう。わかっていてもすがってしまう弱さが、能見の頭の中から選択肢を消していく。

煙草を口にくわえ、ゆっくりと息をする。こみ上げる笑いを奥歯で嚙み潰《つぶ》した。

周平のもとへ逃げ込んで、佐和紀の足にすがりつけば、あの二人はユウキかわいさに動く。

これを機に、組から離れることもできるかもしれない。

能見は頭を左右に振った。淡い考えを打ち消す。

飯塚の言葉に反発したわけじゃない。それよりも心を引っ掻いたのは、夏の軽井沢《かるいざわ》で樺山から言われた言葉だ。カタギになるため、佐和紀と周平を最大限に利用しろと言われた。

それがいまになって、憎々しいほど残酷に響く。能見自身に暴力以外の力はないと決めつける言葉は、樺山の嫌味たっぷりな口調と相まって重い。認められたい欲求と見返したい欲求は、相反するコンプレックスだ。

顔を上げ、くちびるに煙草を挟む。

シフトを変え、ハンドルを握った。静かに発進する。

まだ、方法はあると思い直した。

田淵を陥れることができれば、すべてはうまくいく。

楓果を追い、ブツを手に入れる。河島尚貴は樺山に渡し、楓果は遠野組に。そして手にしたブツは、田淵でなく、遠野組組長に預ける。それが能見の描いた青図だ。

ブツと田淵を大滝組に差し出せば、組長は組織内の点数を稼げる。その報奨として構成員に取り立てられれば、準構成員として足元を見られることもなくなり、ユウキを守ることも可能だ。上納金の額が上がるぐらいなら対処はできる。

のらりくらりと決意を先延ばししてきたが、こうなっては、それしかない。自分と家族を守るには『立場』が必要だと、アクセルを踏み込んだ能見はまなじりを尖らせた。


闇の中に車を走らせ、裏口脇へ車を停める。樺山の屋敷だ。ロックを解除する番号を打ち込み、敷地内へ入った。

勝手口のドアは薄く開いていて、すでに待ち構えていたユウキがひょっこりと顔を出す。

すべての手配を終え、ついさっき、連絡を入れたばかりだ。

柔らかなグリーンのローブを身体に巻きつけ、紐《ひも》をきゅっと結んでいた。

「どうしたの？」

嬉しそうな笑顔を向けられ、抱き寄せたい衝動に駆られる。それを涼しい顔でやり過ごし、腰へ手を回すだけで我慢した。

勝手口に鍵《かぎ》をかけ、互いの腰に手を回しながら二階にあるユウキの部屋へ向かう。

「明日から出張で新潟に行く」

「あぁ、大悟さんのあれ？」

「女の方に、組の追手がかかってる。……俺だ」

「そう、なの……？」

ふと足を止めたユウキが、不安そうに顔を上げる。くりくりとした瞳《ひとみ》に見つめられ、腰のあたりがぞわぞわと欲情した。

抱きつぶしたいと思う一方で、壊れ物を扱うように撫で回したい気持ちになる。視線が絡むと、甘い瞳はとろりととろけ、能見を誘惑し始めた。

部屋まで我慢しなければと考えているのに、お互いの身体はいっそう寄り添う。ユウキは甘えるように身を預けて仰向き、能見も肩を屈めるようにして覗き込む。階段の途中で抑えきれずにくちびるが触れる。ユウキは足を止めたが、能見は止まらなかった。引きずられるように一歩踏み出したユウキの身体が傾《かし》ぐ。ひょいと足をすくって抱き上げた。

腕がふわりと首に回り、それからぎゅっとしがみつかれた。

「いつまでいないの？」

「一週間がメドだな。手がかりはあるから、すぐに見つかるだろ。早く帰ってくる」

「仕事、だもんね」

がっかりしたようなユウキの声が耳元で震え、くちびるがこめかみに押し当たった。

「抱きに来てくれたんだ」

「……会いに来たんだ」

どうして、そんな言い方をするのかと、今日に限って引っかかる。やることは同じだ。能見だって、会えない一週間のために来た。本当なら毎日でも撫で回したい肌の感触を手のひらで覚えて、柔らかな肉を押し開く感覚を肝心な場所に堪能《たんのう》させたくて。そして、ユウキにもよそ見できないほどの快感を与えておきたかった。

「嬉しい……。義孝、好き」

あどけない告白に胸の奥が搔きむしられ、ユウキの部屋に入るなり、ベッドに投げおろした。キスより先に、ローブの紐へ手をかける。

「ボタンはずして」

パジャマのズボンを下着ごと引きずり下ろして言うと、ユウキの手は素直に上着のボタンをはずす。

腰で膝を割って進んだ能見は、自分のスラックスのベルトをはずした。

「まっ、て……」

ボタンをはずすスピードが追いつかず、ユウキの手のひらが腰を押し戻した。剝《む》き出しになったユウキの下腹は肌も白く、完全な無毛だ。興奮して勃起《ぼっき》した象徴だけは大人びた姿で卑猥《ひわい》に見える。

「おまえの匂い……、甘い……」

スラックスと下着を脱ぎ、腰を合わせて首筋に顔を伏せる。

息が当たっただけで、ユウキは震えながら身をよじった。

「興奮、しすぎ……だからっ……」

すべてのボタンがはずれるのを待てず、ユウキの手首をベッドカバーの上に固定する。

「ごめん……」

自分の乱暴さに気づいたが、見上げてくる瞳に怯《おび》えはない。もうそんな関係じゃないからだ。でも、こんなセックスは嫌だと注文をつける気もない。

荒々しいセックスがしたい日なのかと悟っている瞳が、思い直したように能見を見た。

それならそれに付き合うと言いたげに、足が開いた。

「ローション……面倒なら、僕が」

身をよじり、ユウキが起き上がろうとする。ハッとして肩を押さえたが、するりとかわされてしまう。

「いいよ、すぐ挿《い》れて。僕も欲しいから」

手のひらが伸びてきて、頬を撫でられる。身を起こしたユウキのキスがくちびるに触れ、角度を変えて深くなった。

枕《まくら》の下に手を入れたユウキが、ローションの容器を取り出す。

セックスだけが目的じゃないと言いかけ、能見はくちごもる。しらじらしい言葉だ。一年前のユウキなら鼻で笑っただろう。

でも、いまはきっと、違う。

戸惑っている間にもキスが続き、能見の言い訳は、絡め合う舌先で舐められて溶ける。身にまとったローブを下敷きにしたユウキは、ローションの絡んだ指を使い、自分のそこを手早くゆるめた。キスをしながら見せまいとし、能見が見ようとすると恥ずかしげに角度を変える。

「明るいから……やだな」

ほんのりと赤い頬で、ユウキはうつむく。その手にまたローションを受け、今度は能見の腰で反り返るものを摑んだ。

「部屋の灯《あか》り、消そうか」

着たままだったブルゾンを脱ぎ捨て、Tシャツをまくりあげる。

「……うん」

もう何度も身体を繋いだのに、ユウキは恥じらってうなずく。それは見るたびに新鮮で、小さな驚きを能見の胸に与える。

元男娼の手管だと思ったことはない。ただ、好きだと思い、抱きたいと思い、大切に扱いたいと思う。

名残惜しげな手から離れ、部屋の電気を消して戻る。窓にかかったカーテンの細い隙間《すきま》から伸びる月明かりだけが頼りだ。

空調の行き届いた部屋にも、早春の夜らしい肌寒さがある。

ユウキはローブとパジャマを脱ぎ、その上で横たわっていた。華奢な骨格の身体だが、出会った頃よりは肉づきがよくなった。肌の滑らかさはそのままで、指を受けとめる弾力がたまらなく気持ちいい。

腕に吸いつくと、柔らかな笑い声がこぼれる。それが能見のささくれた胸に染み込み、性欲の衝動を揺らがせた。性急さを忘れ、またいつものいとしさだけがこみ上げる。

手のひらでユウキの背を撫で、骨をなぞる。腰骨をくすぐり、小さなヒップを揉みしだきながら腕を開かせた。

胸へと顔を近づける。

小さな突起は、肌寒さのせいか、ぷくりと小さく尖っていた。舌先で舐め、くちびるに含むと、ユウキはせつなげに声を洩らす。

「さっきの、勢いは……？」

指先が能見の髪を摑んだ。頭を抱き寄せられる。

「落ち着いた」

吸いついたまま、舌先で乳首を転がす。

「あっ……、ん」

「その声、好きだな。気持ちよさそうで」

くちびるにキスをしながら、濡れた蕾《つぼみ》を指に摘《つ》まんだ。撫で回すようにこねると、ユウキはのけぞりながら身体を開く。

さっきまでの恥じらいを忘れたがる膝が、能見の腰をなぞって行き来する。ツルツルとなめらかなふくらはぎが足に絡んできて、たまらずに内ふとももを撫で上げた。

奥地を指で確かめ、まだローションで濡れていることを確認する。中指を差し込むと、ユウキの腰がひくつくように逃げた。

「感じる？」

「んっ……」

逃げたのは無意識の動きだ。自分で戻ってきた腰が揺らめき、上気した頬でユウキは喘《あえ》ぎを繰り返す。

「義孝の指、太い、から……っ」

男の指はだいたい太いんじゃないかと、事後のピロートークで聞いたとき、ユウキはふくれっ面になって怒った。他と比べたわけじゃないと言われ、そこまで言わせるのかと拗ねられた。

「俺の指だと、感じちゃうんだろ？　ナカ、すごいうねってる」

「うっ、んんっ……」

太い指だから感じるわけじゃない。能見の指が入ったと思うから、身体の奥から興奮するんだと言ったユウキの顔は、怒りと戸惑いと羞恥《しゅうち》と、それから甘い幸福がごちゃまぜになっていた。

キスをして、キスをして、キスをして、指を入れて泣かせたのはいつ頃だったか。とにかく、打ち明けられた内容のいやらしさと愛らしさに、舞い上がってしまったことだけは鮮明に覚えている。

「いつもより、デカくなってんだけど……、いい？」

ささやくように言うと、目を丸くしたユウキに下腹を探られる。

「……え。……どういう」

「思ったよりも大きい仕事になったから、かもな。やる気がみなぎってんだよ」

「出したら、フヌケない？」

「それでもヤリたい」

腰を引き寄せ、先端を合わせた。体重をかけると、狭い場所が押し開かれる。

「んっ……ぁ」

「痛くない？」

「……ローション、足して」

一度、身体を離して、言われるままにローションをまぶし直す。ぬるぬると滑りがよくなりすぎて照準がずれるのを、なんとか手で補正した。

めいっぱいに広がっているのがわかる入口に、亀頭をぐいぐいと押しつける。それだけで奥歯を嚙むほどに気持ち良くて、能見は喘ぎながら腰を突き出す。ユウキの片膝の裏を持ち上げ、もう片方の足を肩に担ぐ。

「ああっ……っ。あ、あっ、あんっ、ん……」

亀頭が肉の輪を抜けて、濡れた沼地へと潜り込む。柔ひだを押しのけて進むと、ユウキは声をふりしぼってのけぞった。

白い首筋が露《あら》わになり、肌が淡いピンク色に火照る。

貪《むさぼ》りつきたい欲望が能見の本能を揺さぶった。泣き顔が脳裏に甦《よみがえ》り、感じきって淫《みだ》らに濡れた目を思い出す。

「もうっ……、おおきく、しないでっ……」

深々と収めたものが跳ね回り、ユウキが喉でしゃくりあげる。

すでに涙を滲ませた目が能見を求めていた。動いて、と促す代わりに、熱い指先がベッドに沈む能見の膝を撫でる。

たまらず興奮した能見は、それでもできる限り、ゆっくりと動いた。

腰をずるずると引き抜き、またじっくりと掘り進む。そのたびにユウキは身をよじり、ぎっしりと絡んでくる肉にしごかれる能見も奥歯を嚙んで耐えた。

動きたいのと、出したいのと、もっと激しい声を聴きたいのと、何を優先すればいいのかわからなくなり、吹き出した汗がユウキの肌へと滴り落ちる。

腰を振ると、ユウキがローブの端を摑んだ。嚙みしめようとするのを剝《は》がし、キスをする。

「や、だっ……。舌、嚙んじゃう……っ」

「いいのに」

にやりと笑いかけて、ユウキの手首を摑む。引っ張ったまま、上半身を起こした。

全治三日のケガを負わせた前科アリだ。舌を嚙まれた能見はしばらく食べるのにも苦労したが、血の味がするキスを思い出すたびに疼いた股間の方が大変だった。

「あっ、あんっ……」

肩を引き上げられたユウキが、立て膝で踏ん張る。能見はそのまま腰を振った。濡れた音が響き、いやらしさが天蓋《てんがい》の下に吹き溜《だ》まる。

「ユウキが、吸いついている、音だ……っ」

ピストンを激しく繰り返して責めると、快感に流され始めた身体がかすかに痙攣《けいれん》した。恥ずかしさに顔を歪めながら、快感に捕らわれていく姿は、性器が出入りする音よりも淫らで艶めかしい。

「あっ、あっ……、ん、ぁッ……」

能見の動きで、ユウキの声は短く刻まれる。

「すっげ……、きもち、いっ……はっ……」

いつまでも貪っていたい快感は、ユウキを揺さぶることに夢中な能見をゆっくりと押し上げていく。息が乱れ、汗がとめどなく流れる。

ユウキの腰を両手で摑むと、加減できずに指先が食い込んだ。

痛みよりも快感に身を寄せたユウキの手が、自分の下腹を摑む。少年のように滑らかな肌から隆起した大人のシンボルを、細い指がたどたどしくこすり上げる。

独特の色っぽさに煽《あお》られ、能見も手を伸ばした。濡れた先端を手のひらで撫で回すと、ユウキは小さく悲鳴をあげた。

「で、ちゃ……ぅ……ッ」

声の最後は引きつれた。シーツを蹴った足が滑り、ユウキの手が激しく根元をしごく。

あっという間に、能見の手のひらが濡れ、ユウキは涙目でくちびるを噛む。

「あっ、あぁ……。ぅ、んんっ……ッ」

薄い胸が激しく上下して、息もたえだえな呼吸を繰り返す。

射精の余韻に浸ろうとする艶っぽさに煽られ、能見の下半身にも限界が迫る。濡れた手をローブの内側で拭《ふ》き、乱れた息づかいを奪うようにくちづけた。

舌がぬろりと絡み、射精を急《せ》かすようにユウキの内壁がうごめく。

「あっ、あっ……」

二の腕に捕まるユウキの指が、能見の肌に爪《つめ》を立てる。

ラストスパートの激しさを受け入れようと身構える腰を、能見は容赦なく責め立てた。激しく腰を使い、奥まで責める。

苦しいかと問いかけてやりたかったが、一度捉《とら》えた悦楽に絡みつかれ、息をつく暇もない。一気に駆け上がりながら、なおもユウキの口の中を舌で掻き乱し、溢れた唾液《だえき》をすする。

逃げようとする顔を押さえると、苦しさを訴える指はさらに肌を掻く。

その痛みが最後の引き金になり、能見は大きくぶるっと腰を震わせた。溜め込んだ精液が一気に流れ出して、性器の根元がリズミカルに脈を打つ。

「ユウキ……ッ」

肌をまさぐって乳首をこねると、ユウキの身体は小さく跳ねた。内壁が脈を打ち、一滴も残さない執拗《しつよう》さに搾られる。

そのいやらしい動きを最後に味わい、能見は汗で濡れた頬をすり寄せていく。

ユウキの首筋を吸い、鎖骨へと軽く歯を立てる。

名前を呼ばれて視線を向けると、はにかんだ笑顔で覗き込まれた。愛し合う実感に胸が震え、言葉にならない幸福で涙腺が熱を持つ。

でも、そこで泣くわけにはいかない。

キスをしてごまかしながら、能見は指を滑らせた。

この身体は、誰にも汚させたくないと、いまさらのようにせつなさが募る。金さえ積めば好きなようにできたのは過去の話だ。強がって足を開き、どんな行為にも完璧《かんぺき》な演技で喘いだユウキも遠い過去だ。

いまはもう何もかもがまっさらになり、能見の色に染まっている。受け入れるときのせつなげな喘ぎも、突き上げられて乱れる声も、すべてが終わってはにかむ愛らしさも、二人だけで作ってきた。

だから、誰にも蹂躙《じゅうりん》させない。もう二度と、ユウキを傷つけさせない。

「疲れたの？」

甘い声に誘惑の響きを混ぜたユウキは、艶めかしく笑う。

「気持ちいいから動きすぎた。すぐに復活する」

息を整えて答えながら、ユウキの背中を抱いて起こす。繫がったままで膝へと引き上げる。

「なぁ、やらしく動いて」

ヒップを片手で支えながら腰を揺すると、

「……ばかっ……」

甘い声で罵《ののし》られる。それでも、肩にしがみついたユウキはゆるやかに動く。能見を復活させるためじゃなく、まだ芯のある性器を使っての淫らな自慰だ。

「やらしぃよな。この動き」

「んっ……んっ。はっ……ぁ」

「やばいな、もう勃ってきたかも」

「……んっ」

ちらりと向けられた視線は得意げで、能見の下半身は一気に熱を帯びた。

「乳首、いじって欲しいだろ？」

「はっ……ぅん……」

小さくうなずいたユウキは背中をそらし、指先にもてあそばれる自分の胸を見る。

「あ、やだ……やらしぃ……」

「こんなにシコらせてさ、摘まんで欲しくて仕方ないんだよな」

指で捕え、やわやわと揺する。

「あっ、ん……んっ」

ぶるっと震えながら、ユウキが快感を追う。艶めかしく腰を振り続ける。

「いじって……もっと……」

「こっちの先っぽも……な……」

「あ、ん……っ。は……っ、ぁ……」

「ユーキ。後ろがキュンキュンしてる……。もっと振れば？　イッちゃうぐらい」

「あ、だめ……っ。むりっ……きもち、いいから……やだ……」

身をよじらせ、息を弾ませるユウキを抱きかかえ、能見はそのまま後ろへ倒れ込んだ。

すっかり復活した杭《くい》は深々と刺さり、ちょっとやそっとの動きでは抜けない。

「イかせてやる」

ヒップを掴み、下からぐいぐいと突き上げる。体勢的に浅い結合が、別の快感をユウキに与えた。入り口のあたりをこすられるのもイイと、能見はもう知っている。

太い先端が行ったり来たりするたびに、ユウキの息は乱れた。

「あっ、あっ……」

能見の胸に腕をつき、腰にまたがったユウキが上半身を上げる。汗で濡れた前髪を片手で耳にかける。その仕草がたまらなく色っぽくて、能見は吠《ほ》えたいような気分になった。

心に鬱々《うつうつ》と淀《よど》んでいた感情がきれいさっぱりと消え、あっけらかんとした清々《すがすが》しさが胸に満ちる。

ユウキがいれば生きていけると思う瞬間だ。

感傷に浸る絶望感なんて関係ないと、眉間にシワを刻んで繰り返す。やっと手に入れた幸福に根拠のない全能感を与えられ、能見はただそれだけを妄信した。

2

春めいた午後の光の中で、街路樹の桜の枝先はふんわりと紅差して見える。

オープンカフェの二列目に座ったユウキは、温かい紅茶にシナモンスティックを浸した。くるくると回しながら思うのは、出張に出た旦那のことだ。

そう呼ぶことにはまったく慣れない。別居しているからなおさらだろう。恋人同士のお遊びのようだと思うし、そもそも、まともな恋愛となると真顔にならざるを得なかった。

それでも『恋のようなもの』なら何度か経験した。

そのたびに、爽《さわ》やかな横ヤリを入れたのが周平だ。他の男へほのかな同情を感じることさえ禁じられた挙句、疑似恋愛を仕掛けられてまんまとハマった。夢を見て生きてこられたのだと言えば聞こえはいいが、体のいい調教だ。ユウキの選ぶ男がことごとくハズレだったことも否定はできない。

「お待たせ。悪かったな、遅れて」

軽やかな声とともに、白檀《びゃくだん》の香りが漂う。近頃ようやくいい匂いかもしれないと思えるようになったが、どう考えてもお寺の匂いだ。やっぱり引退して老けたのかも、と思いながら見上げた先に立つ眼鏡をかけた和服の男が隣に座った。

群青色の着流しに、同色の羽織。その袖と裾《すそ》には一足早い桜の枝が描かれている。嫌味なほど、季節を選ぶ柄だ。

金に糸目をつけない周平の男振りが背後に見えるようで、ユウキは重いため息をこれ見よがしに吐き出した。

「ご機嫌ナナメだな」

からりと笑った佐和紀はウェイターを呼びつけ、ビールを頼んだ。

「どしたの。カワイコちゃん」

からかわれて、睨み返す。

「義孝が昨日から出張なの」

「二、三日ならいつもと変わらないだろ」

「長くて一週間だよ」

「それは長いかもな」

苦笑した佐和紀は、腕組みをした。歩道の端に、人待ち顔なふりをした石垣が立っている。佐和紀の世話係は三人いるが、それぞれ個性が違う。バカが取り柄の三井《みつい》ならこの場に紛れるだろうが、最年長の岡村《おかむら》と実は高学歴保持者の石垣は分をわきまえる。

「寂しくなったら泊まりに行ってやろうか。それとも、うちに来る？」

「どっちも面倒なことになりそう」

ユウキはため息まじりに答えた。少し前なら、周平の布団に入ってやると悪態をつけたが、この頃は考えもしない。

「能見は、何をしに行ってんの。幹部の用心棒？」

「人探しだって。大悟さんの依頼と、組の依頼がかぶったとか言ってた。珍しく緊張してるみたいで……」

「……心配？　まぁ、そうかもな」

佐和紀の眉がピクリと動く。腕力にモノを言わせるバカの単細胞と見せかけて、佐和紀は能見よりもよっぽど頭が回る。

ただ、より直情的なのも佐和紀の方だ。確実に答えを導いておきながら、周りがあっと驚くような無謀さを見せる心臓に悪い男だった。世話係になんて絶対になりたくないとユウキは思うが、周平が選んだ三人は嬉々《きき》として務めている。

佐和紀に指先で呼ばれ、石垣が歩道を横切った。オープンカフェの椅子とテーブルの間を縫って近づいてくる。

「能見が何してるか、知ってる？」

自分の隣に座らせ、ビールを持ってきたウェイターにアイスコーヒーを追加注文する。

「……沢渡組の一件だと思いますけど」

「どこ、それ」

「何か問題でもありますか」

「んー、いまのところないけど……。シンに電話、繋がる?」

「かけてみます」

石垣が携帯電話を取り出し、岡村慎一郎《しんいちろう》へ連絡をつける。その間にアイスコーヒーが運ばれた。

岡村と繋がった電話を、石垣が佐和紀へ渡す。

「沢渡組と遠野組って、何やってんの?」

佐和紀は出し抜けに聞いた。どうやら岡村は隠すことなく答えている。

「周平は噛んでる?　いや、いいよ。来なくて。能見が人探しで出張だってさ、ユウキが言うから……。ふぅん……。わかった。行先は?　いや、それはない。うん、一応な……、うん」

大滝組若頭補佐の右腕とも言われる男をあご先でこき使う佐和紀は、携帯電話を石垣に戻す。

「厄介事を押しつけられてるな」

ユウキの方を振り向くなり、目元を歪めた。

「樺山さんの依頼って何か知ってる?」

「カップルを別れさせること」

「……明らかに向いてない仕事だろ」

「男の方を連れて帰って、女が妊娠してないかの確認をするだけだよ」

「能見にもできる、みたいな言い方すんなよ」

軽く笑い飛ばされ、ユウキはくちびるを尖らせた。そんなつもりはないが、言われみればそう取れなくもない。

「まぁ、簡単じゃないかもな。連れていってるのは、生徒だろ？　金ももらってないんだろうなぁ……。なぁ、タモツ、どう思う？」

「……首を突っ込まない方がいい案件です」

きっぱりと言われ、佐和紀はわざとらしくのけぞった。

「つまんねーな、おい。最近はシンの方が融通利くんじゃない？　意見聞いてるだけなんだから」

「沢渡組は、大滝組本家の突き上げが怖くて、自分のところで取引ルートを解明して報告するって言ったんですよ。それが遠野組に回って、沢渡組幹部の愛人が逃げてるから、怪しいって話で」

「その愛人ってのが、樺山さんからの依頼で連れ戻すことになってる男の恋人ってことだよな」

佐和紀に問われ、ユウキはうなずいた。

「ヤクザの女と逃げてるってことだよね。取引ルート、って……」

言葉を濁し、息をつく。

「知ってて振ったのかも……、大悟さん」

「舅《しゅうと》のイジメもそこまで行くと、能見さんにも重いんじゃ……」

石垣がぽろりとこぼし、佐和紀が笑う。

「仕方ないだろ。欲しいものを欲しいって言ったんだから」

「ねぇ、石垣。どうなる？」

「どうなるって……。だいたい居場所がわかってるんだから、見つけ出せれば連れ戻すだけだ。組からの依頼も、都合がいいぐらいだろ。向こうで二人を分けて、それぞれに引き渡すだけだ。いくらなんでも女がブツ持って逃げるなんて考えられないし」

「逃げてたら、どーすんの？」

ビールを飲んだ佐和紀が混ぜ返す。石垣は真面目《まじめ》な顔で振り向いた。

「それはもう、後ろで糸を引いてる人間がいるってことですから。二人を探し出すのが困難になると思います」

「その可能性、ある？」

二人のやり取りを見ていたユウキは、石垣から佐和紀へ視線を移す。まっすぐに見つめると、佐和紀はついっと目を細めた。きれいな形の瞳は、眼鏡越しでも涼やかだ。

「タモツ……。周平に」

「いや、それはヤバいです。首を突っ込みたいって言ってるようなもんですよ」

「だって、ユウキがこんなに心配しているのに」

「……それは、よその夫婦の問題です」

「冷たくない？」

ユウキが言ってもあっさり無視するくせに、佐和紀の言葉にはドギマギと視線を揺らす。石垣はわざとらしく咳ばらいをした。

「知り合いに聞きます。この件で動いているはずなんで」

席を立った石垣は、本格的に情報収集をするつもりだ。

「能見とは暮らさないのか」

離れていく石垣の背中を見送っていたユウキは、佐和紀の問いかけを聞きながら紅茶のカップを持ち上げた。

「大悟さんを説得することはできるけど、義孝も頑固だから。どっちで暮らすかで揉めるよね」

「能見はヤクザ稼業だしな。盃を受けてないのが救いってところはあるな」

「そうなの？」

「俺は向いてないと思うよ、あいつには。いまみたいにさ、雇われ道場主をやって、『健全な魂は、健全な肉体に！』なんてことを言えてるうちは……な、楽だろうけど」

佐和紀の顔に陰が見え、眼鏡を押し上げる指が急に男っぽく思える。

「今回のことが回ってきたってのもなー。うまくいけば構成員に昇格。失敗すればペナルティの罰金。取り込んで使うのが得策なのか、ぶらさげて金を集めさせる方がいいのか。見てんだと思うよ、上は」

「……佐和紀、気持ち悪い」

思わず口元を押さえてのけぞってしまう。

わかったような物言いがまるで似合わない。ユウキの知っている佐和紀は、顔がいいくせにへらへら笑うチンピラだ。

「んー？　大人になるだろ、俺も」

顔つきだけはへらへらとさせて、佐和紀がくちびるの片端を引き上げる。出会って三年。人が変わるにはじゅうぶんな期間だ。

「ふーん。あっちばっかり大人になったかと思ってたけど」

ユウキがあごをそらすと、

「見事にリセットされたユウキが言うと、余計にエロいな。セカンドバージン、っていうんだろ」

にやりと笑われる。やっぱり佐和紀は佐和紀だ。がくっと片方の肩を落とし、ユウキはおおげさに額を押さえた。

「誰に教わったの？　意味が違うから……っ！」

「マジか。帰って、辞書引く」

「……載ってない。絶対」

軽口を叩き合っているところへ、石垣が戻ってくる。

「お待たせしました。可能性はあるって程度でごまかされました」

「ってことは、そうなんだろ」

「……佐和紀さん」

短い髪を金色に染めた石垣が眉をひそめた。

「やっぱりな、タモツ。周平に連絡して。この件に能見が嚙んでるのを知ってるか、聞いておいて。それから、俺たちもそこへ行く」

「え……！」

椅子に腰かけたばかりの石垣が目を丸くして飛び上がる。ユウキも驚いた。

「佐和紀。新潟だよ？　横浜からは四時間かかる……」

「寝てれば着くだろ」

「本気ですか？　行ってどうするつもりですか。まさか、手伝うとか言うんじゃゃ……」

「成り行きだよな」

佐和紀はあっさりと言った。

「手が足りないなら貸すし、そうじゃないなら眺めて帰る。ユウキを届けるだけでもいいじゃん」

「それは……」

困惑した石垣の目が、ユウキに助けを求めてくる。でも、佐和紀の方が早かった。

「車を出すのが面倒なら、おまえはこっちにいればいいよ。シンに頼むから、電話貸して」

手のひらを出され、石垣が固まった。複雑な人間関係が垣間《かいまみ》見え、ユウキは固唾《かたず》を飲んで見守る。石垣と岡村は、佐和紀への淡い恋慕を抱えているのだ。表立って争うことはないが、どちらがより近くにいられるのかを競っているようなところがあった。

「……俺が、行きます。車を用意させますから、ユウキに荷造りをさせて……」

「夜までには着きたいから、すぐに出よう」

「組の車は一度戻さないと……。レンタカー借りますから。ユウキも着替えぐらい持っていきたいだろ」

「うん。それはそうだけど……。ねぇ、本気?」

佐和紀の袖を引っ張ると、

「俺も洋服にする。新潟ってどこにあるの？　名古屋の手前？」

「それは、浜松……じゃない？　北だよ。日本海側」

「仙台……」

「そっちは太平洋側」

「佐和紀さん。田中角栄《たなかかくえい》のお膝元の……」

石垣がおずおずと口を開く。

「あぁ、わかった」

「わかるの？　それなの？　どんだけ昭和……」

ぐったりするユウキと石垣を前に、佐和紀だけは平然としてビールを飲み干す。

「さて、行くか」

佐和紀が膝を叩いて立ち上がると、すべてをあきらめた石垣も後に続く。佐和紀がユウキを振り返った。

「おいで、ユウキ。寂しくてつまらないなら、追いかければいいだけだ。邪魔にするような旦那なら、さっさと見切りつけて捨てればいい」

意地の悪い笑顔を浮かべた佐和紀は、着物の衿《えり》に指を添わせる。捨てられたって捨てたくない相手だとは言えず、ユウキは黙って立ち上がった。

それから一時間半で出発になり、新潟県の下側にあるK市へ到着したのは、すっかり夜になった午後八時頃。

能見に連絡を入れていないと判明したのは、宿も決めずに繁華街へ繰り出した後のことだった。誰も言い出さなかったので、佐和紀たちはユウキが連絡したと思い込み、当のユウキは、昨夜の寝不足のせいで寝てしまい、そんなことは石垣がしてくれるものと思っていた。

「能見に連絡入れるのは、明日でもいいだろ」

繁華街のはずれにある小料理屋のカウンターにもたれ、佐和紀はぼんやりと口を開く。成り行きを報告した石垣が周平から勧められたという店だ。

丸顔で小太りな女将《おかみ》が一人で切り盛りしているが、周平との関係は勘繰るまでもない。年の頃は四十代半ば。上向きの鼻に愛嬌があって美人じゃない。周平の好みとはかけ離れている。

六人掛けのカウンター席とお座敷席が三つ。佐和紀たちの他には、お座敷席を三人の男が囲んでいるだけだ。

「とりあえず、宿を探します」

ぶっ続けで運転した石垣は、出された刺身に箸《はし》を伸ばす。

「能見、喜ぶだろうな」

日本酒の入った猪口《ちょこ》を手にして、ほろ酔いの佐和紀が笑う。宣言した通りの洋装で、ジーンズに薄手のセーターを着ていた。

「怒る可能性だってあるんだよ」

ユウキは釘《くぎ》を刺す。ちらっと振り向いた佐和紀は、くつくつと陽気な笑い声をこぼした。

「あるわけないだろ。こんなかわいい嫁が抱いてもらいに来てんのに。なぁ、タモツ」

「……俺に同意を求めないでください」

「俺がおまえの嫁だったら、嬉しいだろ？」

「くっ……」

佐和紀を挟んで向こう側のカウンター席に座る石垣が、喉を詰まらせて呻《うめ》く。嫁をユウキで喩《たと》えないのが素だからこわい。

「喜んで抱くだろ？　俺は、抱く」

「はいはい。そこで僕を見ないで」

振り向いた佐和紀の頬を片手で押し戻す。

「そんなこと言って、佐和紀は追いかけたりしないんでしょ。周平のこと」

「……邪魔になるだろ、俺は」

「それをかわいげとか思っちゃう周平の頭の中を心配するレベル」

辛辣に返し、ユウキも自分の猪口を口元へ運ぶ。

周平は相変わらず嫁に甘く、新潟入りを報告した石垣に対しても叱《しか》る様子はなかったらしい。佐和紀が行くと言うなら黙って行かせ、後は方々に手を回して守りに入る。それが周平のやり方だ。心の狭い旦那だと、絶対に思われたくないのが透けて見え、長い付き合いのユウキは内心、能面のように無表情になる。

こんな愛し方をする男だとは、微塵《みじん》も思わなかった。相手次第で、人は不思議なほど変わってしまう。

ユウキが能見に抱かれてまっさらに戻ってしまったように、あれほどの悪人も、佐和紀を抱いただけで善人面を好むようになってしまった。

でも、佐和紀は知っている。

周平の冷酷さも、傷も、夢も、希望も。背負い続ける、罪の深さも。

「本気で邪魔になると思ってるの？」

尋ねると、佐和紀は視線を伏せた。思っているのだと、それでわかる。世話係やユウキに対して見せるほどノンキにはなれないのだろう。

「そういうとこ、意外とかわいいよね」

思わず笑ってしまう。周平にとっては、そこが微笑ましくてたまらないのだと想像がつく。

どうして佐和紀なのか。自分じゃダメだったのか。

そんなことでぐるぐると悩んだ夜が思い出され、ユウキはかすかに失笑する。たとえ、ユウキが佐和紀であっても、周平は好きになってくれなかっただろう。

佐和紀が内側も外側も佐和紀だから、周平は無条件に愛しただけだ。打算も幻想も、そこには存在しない。

「俺のやることと、周平のやってることは、全然違うから」

「それなら、僕だって同じでしょ」

「いまは、そうかもな」

佐和紀が酒を飲み干すと、石垣が徳利を摑んで注ぎ足す。それから、

「すみません。ちょっと……」

席をはずした。行先はトイレだ。

「……あんまり、世話係で遊んじゃダメだよ。あぁ見えて、石垣は、岡村よりも打たれ弱いんだから……」

「あいつ、夏にはいなくなるから」

「いつ、抜けるの？」

アメリカへの留学が決まっているのだ。そもそも薬学マニアが行きすぎて自分で合成麻薬を作ってしまったぐらいの秀才だから、ヤクザの舎弟をやっているよりはよっぽどふさ

わしい。

でも、離れる石垣にも、見送る佐和紀にも、口には出せない複雑な寂しさがあるはずだった。

「夏前かな。もう許しは出てるから、通達が回るだけだろ」

「寂しいの？　一回ぐらい寝てあげる？」

ほんの冗談のつもりだったが、佐和紀は深刻な顔で振り向いた。

「無理だけど……」

去り際に頼み込まれたら億劫《おっくう》だと、顔一面に書いてある。ユウキは笑いを嚙み殺して、肩を震わせた。

「ないと思うよ」

「マジで？　そういうとこは、シンと違ってぐいぐい来そうなんだけど。思い出づくりしたいとか言われてさ。旅行ぐらいならってOKしたけど……正直、こわい」

「それなら、変な冗談で焚《た》きつけるのをやめなよ」

「おもしろいから、つい……」

「万が一の時は手でしてあげたら？　それぐらいなら、浮気でもないし」

「……そうか？」

「ん？　どうだろう」

二人して首をひねる。

「やっぱり、浮気かな。義孝がされたら、僕は浮気だと思う」

「ユウキにならしてもらってもいいけど」

「しないよ。バッカじゃないの！」

キッと睨みつけて距離を置く。下ネタを愉《たの》しむ酔っぱらいの佐和紀は屈託なく笑い、カウンターの中の女将を手招いた。

「最近、このあたりで人探ししてる男はいなかった？　すらっとしてるマッチョで、首の太いヤツ。顔はちょっとだけ男前かな。笑うとかわいい感じなんだけど、チンピラ……いや、ヤクザっぽいかな」

「あぁ……」

答えようとした女将の視線が、二人の間を抜けた。佐和紀が素早く振り向く。

そこに立っていたのは、お座敷席を囲んでいた男たちだった。

「お兄さんたち、その人の知り合いか、何か？」

「あんたら、最近居ついてるアベックを知らない？」

質問を返し、佐和紀が椅子を下りた。

「詳しい話は外でしないか」

男の一人が言う。

「こっちは関係ない」

佐和紀にかばわれ、ユウキも椅子を下りた。背に隠れる。トイレから出てきた石垣が視界の端に見えたが、佐和紀の邪魔をするつもりはないらしい。身を柱の陰に隠している。

「あんまり強気に出ると、泣きを見るぞ」

男の一人が脅すように言った。眼鏡をかけ、石垣の選んだ地味な洋服を着ている佐和紀は、ケンカのひとつもしたことのない優男に見える。

「まぁ、穏便に」

笑って答え、佐和紀が三人を外へ連れ出す。放っておくわけにもいかず、ユウキは追って出た。石垣も遅れてついてくる。

誰が口を開くかを待つ間もなく、男の一人が不意打ちの拳を振るう。先制攻撃を仕掛けるつもりが、避けた佐和紀になぎ払われて吹っ飛んだ。

どこにそれだけの力があるのか知らないが、佐和紀の一撃は驚くほど見事に決まる。軽く払ったように見えても、相手を悶絶《もんぜつ》させる威力があった。

残りの男たちが気色ばんだが、佐和紀は怯《ひる》むこともなく前へ踏み出した。

「とりあえず、どこの人間か、教えておいてよ」

「うるせぇ！　よそ者が何を嗅ぎ回ってんだ！」

「探られて痛い腹があるんだろ」

佐和紀の言葉にかぶせるように、男の一人が吠えた。佐和紀が身構え、腰を落とす。だが、乱闘にはならなかった。

「ダメダメ！　ダメだって！」

一人の男が手を打ち鳴らしながら割って入る。

「揉めごとはダメだって、この前も言われたじゃないですか」

佐和紀と向かい合う男たちの肩を叩いた。

「そうは言うけどな！　こっちは仲間、やられてんだぞ！」

「この人が関係してるかどうか、確認したんですか」

「それは……」

「こんな人がチンピラの仲間のわけがないでしょう。今夜は俺に免じて、ここまでにしてよ」

「けど、あの男を探してたんだ。どこの誰かは知ってるだろ」

「俺が聞いておく。だから……」

諭された男たちは佐和紀を睨み、しぶしぶながらに背を向ける。残った男は人好きのする笑顔で振り向いた。

身長は佐和紀と変わらず、年齢も近い印象だ。黒々とした眉が真面目そうで、大きな二重の目は涼しげに澄んでいる。

「だいじょうぶでしたか」

佐和紀へ話しかける声を聞いたユウキは後ずさった。背中を支えた石垣を肩越しに見た瞬間、

「ユウキ」

名前を呼ばれてしまう。

もしかしたらと思った。だから、気づかずに去って欲しかった。

様子を窺《うかが》う佐和紀と石垣の手前、下手な反応は返せない。

「俺のこと、覚えてるだろ？」

「誰だっけ……」

記憶を辿《たど》るふりで目を細めると、石垣の背中にかばわれた。元男娼のユウキを一方的に覚えている男なんて、仕事上の付き合いしかないと知っているからだ。

「名前、教えてもらえます？」

石垣が警戒心を露わにする。対する男は、不作法を恥じるように首の後ろを掻いた。

答えが聞こえるよりも先に、ユウキは名前を思い浮かべた。そっくりそのまま、昔と変わらない穏やかな声が口にする。

「稲尾天真《いなおてんま》です。天体の天に、真実の真で、天真」

今の今まで忘れていた。でも、一年に数回はふと思い出す。

天真は、そういうはるかな記憶の相手だった。

視線がぶつかり、泣きたくなる。

湧き起こる感慨深さで胸の奥が揺さぶられた。生きていたんだなと心から思う。

「ユウキ。だいじょうぶか」

佐和紀に声をかけられ、ハッとした瞬間に身体が震えた。奥歯を噛みしめると止まり、静かに息を吐き出しながらうなずく。

「なんでもない。昔の知り合い……、石垣は、知らないだろ」

肩に手を置くと、石垣が横へずれる。

うつむいたままのユウキに、天真はおずおずと声をかけてきた。

「少しだけ、話しても……いいかな」

その柔らかな口調には、ユウキや佐和紀が生きている世界の匂いがしない。カタギの人間が醸し出す気弱な気配に、石垣が警戒を解いた。

「寒いし、中に戻ろう。あんたも」

顔の前で手をこすり合わせた佐和紀が、天真に目配せをして店へ戻っていく。

裏路地の隅には雪が残り、北国の春はまだ遠く見える。

吹き抜ける風が冷たく冴《さ》え、石垣に促されたユウキも中へ戻った。

ついてきた天真と二人、L字カウンターの狭い方へ並んで座る。扉はすぐ背後だ。

佐和紀と石垣は元の席には戻らず、座敷席へ移動した。

「あれから、どうしてた」

天真がぽつりと口にする。

身体を向けてくることもなく、カウンターに対してまっすぐに座っていた。

その生真面目さが出会った頃を思い出させ、ユウキの胸の奥がきしんだ。

「……まだ、岩下さんのところにいるのか」

小さな声が震えて聞こえ、天真の横顔を見た。

何年前のことだったか。思い出そうとすれば、指折り数えなければ難しい。

あの頃はまだ、周平のデートクラブもデリバリーヘルスの域を出ず、客筋はもっともっとひどかった。

天真は送り迎えの運転手として雇われたフリーターで、何度か車の中で二人きりになった。運転手と男娼の恋沙汰はもちろんご法度だ。

でも、途切れがちな会話の先で優しくされ、ユウキの心は当然のように天真に惹《ひ》かれていった。

周平に拾われるまで暴力とセックスがセットだったユウキにとって、『口調が穏やか』だとか『目つきが柔らかい』というだけでも恋に落ちるにはじゅうぶんだったから、淡い好意を抱いた相手は天真の前にもいたし、次々に騙された。

みんな初めは優しいのだ。甘いささやきで連れ出され、輪姦《まわ》された挙句に殴られるということを繰り返し、その学習能力のなさにあきれた周平が頭を抱えるほどだった。

そのたびにきつくなる監視と管理が余計につらくて、遊びのセックスにさえ誘わない天真と過ごす時間は不思議なほど心が凪《な》いだ。

「辞めた」

ユウキの答えを聞いた天真が、やっと振り向く。硬かった表情がほどけ、明るい笑みが浮かぶ。

優しさに同情を求め、失敗ばかりを重ねたユウキの過去の中で、天真は数少ない本物だった。堕《お》ちたくないとすがりつくのではなく、自然と身体が浮いてしまうような、そんな恋をした。

もしも能見に出会う前だったら、こんなに冷静ではいられなかった。きっと取り乱し、一気に過去へ心ごと引きずり戻されたと思う。

だけど、ストッパーは効いている。左手薬指のリングが、ユウキを現在に引き止めた。

「そうか……。抜け出せたんだな」

息を吐き出した天真が両手で顔を覆う。

「ごめんな」

震える肩を、ユウキはぼんやりと眺める。そういう優しさの似合う男だった。人懐っこい笑顔と優しい言葉と、邪心のない澄んだ目が好きで、連れて逃げて欲しいと心から願った。そう思うだけで救われた気がした。

懐かしい記憶に胸の奥が爛《ただ》れていく。

髪を撫でられ、まつ毛の長さを褒められるのが嬉しくて、周平に邪魔されて終わったときは心から嘆いた。

崩れがちだった精神バランスは最悪の状態になり、しばらく入院したほどだ。

「……あんまり、覚えてないから」

「俺のことも？」

「……岩下に酷《ひど》いことされなかった？　……されてないわけ、ないか」

「もう昔のことだ。……きれいになったな、ユウキ」

顔を覗き込まれ、視線をそらした。

「年を取った……だけ」

「そんなことない。何も変わってないよ」

天真の声が耳へと滑り込んでくる。

記憶はいつだってきれいなままだ。別れたら生きていけないと自傷を繰り返し、息をするのも苦しくなるほど迎えを待ち望んでいた。

だけど、死ねないことも迎えが来ないことも知っていたから、天真との恋はきれいなまま終わったのだ。そして、ただの思い出になった。

「いい人が、いるんだな」

「ん……」

こくりとうなずき、そっと指先で撫でた左手をカウンターに乗せた。ピンク色したダイヤモンドがきらりと光る。

「相手、男だけど……」

「どんな人？」

「馬鹿で陽気で、能天気で……、力持ちで、酔うとしゃべり続ける。あと、体温が高くって……」

「好きなんだ？」

「うん」

「俺のこと、思い出さなかった？」

言った先から苦々しく顔を歪めた天真は、またゴメンと口にする。

「逃げたのは俺なのに、あてつけがましいな。観光で来たんじゃ、ないよな？」

天真の視線がさりげなく座敷席へ向く。

「あっちの人たちは、岩下さんの関係？」

「違う。さっきの男たちが探してる相手、その人を手伝いに」

「それって、横浜のヤクザだろ？」

「そうだよ。人探しに来てるはずなんだ」

「お互いに足を洗いきれないいな」

苦笑を浮かべた天真は、そのままカウンターに突っ伏すようにして頭を抱えた。転落した後で這《は》い上がるのは難しい。周平の商品に手を出した天真への制裁が軽かったとも思えない。

それでもこの男の印象は、昔と変わらず爽やかだ。

「天真、知ってる？　横浜から逃げてきたカップルのこと」

「……尚貴くんと楓果ちゃんのことだろう。東京の友達に頼まれて、こっちで保護してる」

「逃げきれるような二人じゃないでしょ」

何からとは言わなかった。天真は表情を曇らせ、

「預け先に失敗したんだ」

声をひそめた。

「尚貴の実家のことを、俺は知らなくて……。デカい会社なんだろ？　金が入るまで、身動き取れない状態なんだ」

「……僕に、何かできる？」

顔を覗き込むと、天真は首を振った。巻き込みたくないと、表情が物語る。その慎ましさが、ユウキの心の柔らかい場所を刺激する。

昔と変わらないのは、お互いさまだ。

「天真。いいよ。手を貸すから」

そっと腕を摑み、軽く揺する。ぎこちない空気が二人の間に流れ、ユウキは目を細めた。この男といると、不思議に明るいことばかりを思い出す。昔もそうだった。

能見の能天気さとも違って、ふわりと暖かく包み込まれる気がする。

「じゃあ、その人を紹介してくれるか？　あとは自分で頼む」

「聞いてみる。名刺、ある？」

ユウキの問いかけにうなずいた天真は、財布からプライベートの名刺を抜き出した。昔《むかし》馴染《なじ》みだからとべたべた触ることもなく、ユウキの連絡先を聞こうともしない。

「相手が承諾してくれたら、連絡するね」

「変な交換条件に乗るなよ」

厳しい目を向けられ、心配されていることにくすぐったくなる。左手の薬指につけるリングの意味を理解していないどころか、ヤクザの情人としての苦労を想像しているのだろう。

「バカだね」

ふっと微笑みかけたユウキは、相手の肩を抱いてやりたくなって困った。かつて、ほんの一瞬だけ恋人同士だった天真は、ユウキを人間らしく扱った男だ。

商品としてではなく、生身の人間として愛してくれた。

そのことは、いまでも胸に熱い。でも、伸ばした手を引っ込めた。能見の面影が脳裏をよぎった瞬間に、自分を長く支配し続けた周平の、冷徹な瞳も思い出したからだ。

「それじゃあ」

冷や水を浴びせられたような気分になり、椅子から下りた。軽く手をあげて、話を切り上げる。

名残惜しさを見せながらも、天真は店を出ていった。

残されたユウキのもとへ、徳利を揺らしながら佐和紀が近づいてくる。

「絵に描いたような『いい人』だなぁ。カタギの匂いはしないけどぉー」

背中からのしかかられ、両手が前へ突き出る。酒の臭《にお》いがぷんと鼻を突く。待っている間にしこたま飲んだらしい。

「重いよ……」

「詳しい話は後で聞くとしてさ。宿が決まったから」

「温泉とは言わないけど、狭い部屋はイヤだな」

石垣を振り向くと、予想外の無表情が待っていた。

「……佐和紀。また、何かしたの？」

呆《あき》れて睨みつけるより先に、女将がカウンターから出てくる。手にしているのは携帯電話だ。

「向こうのＯＫも出たから。店を閉めて、案内するわね」

「え？」

ユウキがたじろいでいるのを感じた佐和紀が背後で笑う。ぎゅっと抱きしめられた。

「あー、いい抱きごこちぃ。能見も呼ぶからな」

「石垣、どういうこと？」

疑問に答えたのは、女将だ。ふふっと笑う。

「お宿が決まってないって話だったから、知り合いを斡旋《あっせん》したのよ」

ぎょっとしたユウキに、石垣が同情の視線を向けてきた。

「知り合いのおばあちゃんで、盆と正月に親戚《しんせき》を泊めるための家を持ってる人がいるんだって」

「いつ誰が来てもいいように、ちゃんと掃除もしているのよ」

「金は払うしな」

佐和紀に耳元でささやかれ、ユウキはくすぐったさに震える。肘で押しのけて逃げ出すと、佐和紀が舌打ちを響かせた。

「まぁ、いいけど」

そう答えながら、ユウキは裏側を勘繰った。

石垣は気づいているのだろう。だから、頑強に断ったりしない。そもそも周平のオススメの店が、こんな片田舎にあることがおかしいのだ。

だからといって、突けば蛇しか出てこないやぶもある。周平絡みはだいたいそうだ。細かいことは気にせず、黙って騙されている方が心安らかでいられる。

「ほら、行くよ」

佐和紀の手から徳利をもぎ取った。カウンターに置き、肘を掴まえる。周平に話が通っていることの安心感は絶大だ。

そして、ここに佐和紀がいれば心強い。本人は至って単細胞な暴れん坊だからたいした役には立たないが、巻き込んでおけば周平のバックアップが期待できる。

「能見、能見。能見に電話！」

酔っぱらった佐和紀が叫ぶ。

「それは石垣がするから、いいの！」

騒いでいる間に、女将が支度を終わらせる。行きましょうかと声をかけられ、ユウキは佐和紀の腕を強く引いた。

案内されたのは、海にほど近い集落だった。漁師町だったのか、ぎっしりと肩を寄せ合って建つ木造の家々を浜側に並べ、やや内陸には防風と防雪のための庭木を備えた家屋がいくつか建っている。そのひとつが、今回の宿になった。

それなりに広い敷地の中に建つ木造の平屋は古く、闇の中ではひどく質素に見える。不安になって足を踏み入れたが、灯りのついた屋内は民宿でもできそうなほど、こざっぱりとして清潔だった。

佐和紀は気づいてもいないだろうが、嫁の冒険に対する周平の心配りが見て取れる。下手に束縛して秘密裏に動かれるよりはよっぽどいいのだろう。でも、好きにさせてやりたいというのがまったくの本心かと言えば、やや怪しい。年上ぶった虚勢だ。

古民家の宿には、寝泊まりできる個室が三つあったが、佐和紀はそのどれも拒否して、床の間のある広間を選んだ。襖《ふすま》で繋がっている片側に佐和紀、もう片側には石垣が入ることになり、ユウキは縁側沿いに進んだ先の部屋を選んだ。

庭の見える角部屋だ。廊下側と庭側の二方向が障子張りになっていて、庭側は雪見障子が設《しつら》えてある。

盆暮れの長い休みには家族が集まってにぎわうのだろう。部屋にある棚には、孫たちの作った飾りや似顔絵がめいっぱいに並べられていた。子だくさんの孫だくさん。そんな風景が想像できて微笑ましい。

荷物を置いて部屋を出ると、一枚だけ雨戸をはずした縁側に、佐和紀の背中が見えた。ベロアのジャージセットを着て、雨戸にもたれながら煙草をふかしている。

小さな火が燃え、煙がたちのぼっていく。

隣に座ると、潮騒の音が絶え間なく聞こえた。まだ外は寒く、風が冷たい。空気が澄んでいる分、音は遠くまで運ばれていくようだ。

その途中に、この家は存在している。

「それで、どうすんの？」

天真から聞いた話をかいつまんで話すと、佐和紀に先を促される。煙草の煙が拡散して闇にもやがかかる。

ユウキは細い息で吹き払った。

「義孝が来たら相談する。もしも必要なら紹介するし、うまくいってるなら何もしない」

「天真って男のことはいいの？」

「何が」

片膝を抱いてあごを乗っけると、屈めた背中にストールをかけられた。

「俺は酔っているから寒くない。……能見がいるしな。いまさらか」

「だから、何が？」

「懐かしそうに見るんだなぁって、思ったから。悪い思い出じゃなさそうだった」

「そうだねぇ……」

悪い思い出の方がはるかに多い人生だ。でも、心温まるエピソードも少しは持っている。

「だからってさ、手を貸してあげる義理もない」

「付き合ってたんだろ？　別れたのって、周平が邪魔したから？」

「それを僕に聞くのは、どうかと思うよ。本当に、がさつ」

「俺のいいとこだよ」

「自分で言わないで。……いろいろ、あるんだよ」

答えてから、眉根をひそめて睨みつけた。

「ろくに付き合ったこともないくせに、態度デカくない？」

「おまえだって似たようなもんじゃないの？　周平に、管理されてたんだろ」

「……佐和紀って、本当に童貞なの？　したこと、あるんでしょ」

「おまえもガサツだよ。そんなこと、聞く？」

言い返してくる佐和紀の膝をバシリと叩くと、眉根を寄せて苦笑いを浮かべた。

「挿れようと思うと、萎《な》えるんだよな。チャンスはあったんだけど」

「ふぅん。そのまま挿れちゃえばよかったのに」

「無理だろ。どうやってやるんだよ」

「先端ぐらい入るでしょ」

「それ、入ってないだろ」

くだらない言い争いだ。どちらからともなく笑い出す。

「天真はね、堺《さかい》とは違うから」

そう言うと、佐和紀はくちびるを引き結んだ。引退が決まった頃に偶然に再会した元恋人は、ユウキの身体を金ヅルにした男だった。引退するなら手元へ取り戻そうとして失敗したのだ。

能見とのことを真剣に考えたくないあまりに、ふらふらと不幸へ舞い戻ろうとして痛い目を見た。そのこと自体は、たいしたショックでもなかったのだが、佐和紀はユウキが傷つけられたと思っている。あれは能見と結婚する前の話だ。

いまなら盛大に傷つくだろうが、あのときは本当に『いまさら男数人とセックスしたぐらいで』という気持ちだった。汚されることでしか、始まってしまいそうな能見との恋を避けられないと思ったのだ。結局、走り出していた能見はバカみたいにまっすぐで、嫌われたかったユウキの思惑ごとまんまと抱きくるめてモノにしてしまった。

男の精液で汚れた身体もくちびるも気にせず、そんなユウキが自分の好きなユウキだと言いたげにキスをしてくれたのだ。

あの日のキスを『してくれた』と思い出すぐらいに、能見に惚《ほ》れている。

「だからさ、別にこのまま天真に連絡しなくてもいいんだよ。いい思い出なら、なおさら、そのまんまがいいと思わない？」

「ユウキのいいようにすれば？」

冷たいような言い方だったが、煙草をふかす佐和紀は微笑んでいた。

「能見には、自分で言う？」

「昔のことは言わない方がいいよね」

ユウキは真顔を庭へ向けた。

「ヤキモチ焼いて欲しいなら、言えばいいいんじゃない。ちょっとは激しくしてくれるかもよ」

意地悪く笑われて、佐和紀を睨んだ。セックスが優しすぎて物足りないことがあると、酔った勢いで愚痴ったことがある。

いじめて欲しいなんて、自分の口からは言えない。手酷いセックスを再現して欲しいわけでもないからだ。

もう少しだけ、初めの頃のような強引さが欲しくて、胸の内を暴くように求めて欲しいときがある。初めから終わりまで、能見の欲望をぶつけられていたい。

その気持ちの裏側にある真実は『性癖』や『愛情』ではないのだが、佐和紀のように自分に自信のある人間にはわからないだろう。繊細な機微をわかれというのも無理な話だ。

「心配させたくないから、言わない」

「心配するのが家族の仕事だろ」

ふいに語調を強めた佐和紀から顔を背ける。

動物みたいに勘のいい佐和紀は、ほんのささいなきっかけで真実を嗅ぎ取ってしまう。それを口に出さないのは、出した答えをうまく言葉に変換できない稚拙さのせいだ。

「あんたのとことは、違うもん……」

思わず愚痴がこぼれてしまう。

ユウキが酷く抱かれたいのは、そうされることが自分にできる唯一の献身だと思うからだ。優しくされるだけじゃ不安になる。その裏側で、物のように扱われてようやく物事の整合性が取れるのに。

結婚してからの能見は優しくなるばかりで、嬉しさを通り越して不安になる。もっと都合よく扱ってくれなければ、能見を引き止められないと思ってしまう。

こんな考え方は歪んでいる。わかっていても生き方の癖は簡単に治らない。

いままでは周平が調教してくれたのだ。

ふらふらするたびに横っ面を張るようなお仕置きで諫《いさ》めてくれた。それさえ懐かしい。

ユウキの絶対的な支配者を、満足を知る色男に変えてしまった佐和紀が何かを言おうとしてくちごもる。

庭先に車が停まり、玄関から足音が響いたからだ。能見が廊下の床を踏み鳴らして現れる。

その後ろに、石垣が続いていた。

「おっどろいた！　本当に来てる！」

佐和紀には目もくれず、能見は満面の笑顔を浮かべた。大歓迎ムードで両手を伸ばされ、あっという間に背中に抱きつかれた。

「あーっ！　会いたかった！　あったかい。ユウキはあったかい」

ぎゅうぎゅうと抱きしめられたユウキは言葉も出ない。ぐりぐりと頰をすり寄せられ、ヒゲがチクチク刺さる。

「痛い、痛い。ヒゲ……、痛いっ」

「うまくいってないんだな」

佐和紀が笑うと、能見はやっと顔を離した。

「うるせぇよ。仕方ないだろ。地元のヤクザが隠してんだから」

ユウキを軽々と膝へ抱き上げ、ダウンコートの前を開く。何も言わないうちからユウキを抱き込んでしまう。

ほっとするような温かさに、文句はつけられなかった。

石垣が輪の中に入り、あぐらを組む。

「能見さんの話だと、このあたりにはふたつの勢力があるようです。ひとつは暴力団の貝《かい》原《ばら》組。シノギは賭博とみかじめ料です。もうひとつは延岡《のべおか》興業という会社で、中身はヤクザ同然ですね。こっちも興行やそれに合わせた賭博がシノギのようです」

「ふぅん。仲悪そう……。で、どっちが匿《かくま》ってんの？」

「貝原組だ」

能見が答えた。天真が言っていたヤクザに違いない。

でも、ユウキはそのことを言わなかった。佐和紀から言い出すこともない。

「居場所さえ摑めればと思ったけど、ガードが堅いよ。田舎だからかな……。明日あたり、事務所にアタックする」

「今夜は泊まっていくだろ」

佐和紀が聞くと、能見の腕がもう一度ユウキを抱き寄せ直す。

「俺の部屋だけキャンセルしてきた。手伝いで連れてきたヤツらは、向こうの方が気楽だろうから」

身体に回った手が、コートの内側でもぞもぞ動く。待ちきれないように腰を撫で回され、ユウキは怒ることも忘れてうつむいてしまう。

「ユウキで憂さ晴らしすんなよ」

佐和紀が余計なことを言い出し、能見の声が不機嫌になる。

「慰めてもらうだけだ。ほっとけ。……覗くなよ」

「えー、いいじゃん。金なら払うし」

「億の金積まれても、もったいない」

能天気に笑った能見の息づかいが耳元へ当たり、たまらなくキスがしたいのだとわかる。それはユウキも同じだ。

佐和紀がおおげさにため息をついた。

「タモツ、寝支度でもするか」

布団はすでに敷かれている。それでも佐和紀は立ち上がった。

石垣が続くより先に能見のくちびるが肌に押し当たり、キスを我慢できずに身をよじる。熱を求め、互いの息を塞《ふさ》ぐ。

ぬめる肉片を甘く感じ、ゆっくりと触れ合わせる。

潮騒の音が頭上から降り注ぎ、防風林の枝がざわざわと騒ぐ。

ひとしきりのキスは長く続き、終わりもない。

障子の向こうから「風邪《かぜ》をひくぞ」と佐和紀に言われ、ようやくキスを中断して部屋へ入った。

雨戸を閉める音が響くのを聞きながら、暖房器具から吐き出される温かい風を受けて服を脱ぐ。

「抱いていいのか」

ささやくように問われ、微笑んで返した。

「……欲しいから、来たんだよ」

身を寄せながら能見のベルトに手を伸ばす。キスを男らしい骨格のあごへと滑らせ、ゆるめた前立ての中へ指を忍ばせた。


声を出さないように気を使ったセックスは、いつもの何倍もユウキを敏感にさせ、能見のことも興奮させた。

たまにはこんなのもいいと笑った男の能天気さに安心して、胸に頬を寄せたユウキはうとうとと眠る。

温かな毛布にくるまれ、それ以上に温かい能見の体温を素肌に感じる。その幸福の甘さがしっとりと胸を湿らせ、記憶の深い場所に閉じ込めていた想いが溶け出した。

過去と現在が交錯して、ユウキの生きてきた道が漠然と甦る。

一番初めは、キッズモデルだった頃の枕営業だ。その次が、堺との恋。意に染まぬセックスも繰り返せば、惰性になる。殴られれば痛いのに、殴られなければ、その価値さえないのかと不安になった。

暴力でマインドコントロールされ、ほんのわずかな褒め言葉のためになら、どんなことでもした。思い出せば、笑うしかないようなエグさだ。

そんな汚さを知っていることが、ユウキに『世間を知っている』という幻覚を見せ、なんとか生きながらえた。そして、不機嫌な周平と出会ったのだ。

きっと、会った瞬間から好きだった。でも、周平の心は負の方向へさえ開かなくて、次々と傷つけてくれる相手を求め、疲れ果てた末に天真がいた。

優しさには本気で溺《おぼ》れた。結果、周平が見せかけの恋をユウキに与えたのだから、人生はわからない。

周平の優しさと厳しさで管理され、次第にわがままに振る舞うことを覚え、気づいたときにはこんな性格になっていた。

惰性のようにユウキの背中を撫でていた能見の手が、次第に下へ降りていく。腰を伝って尾てい骨をくすぐる。しばらくは我慢できたが、半覚醒の中で揉みしだかれるヒップは、やがて欲情を生み始め、そのつもりはないのに息が乱れた。

下半身が熱を持ち、能見の足に触れる。

「いたずら、しないで……」

寝ぼけた声で訴えると、

「……うん」

同じように寝ぼけた声が返ってくる。能見のそこも柔らかな芯を持ち始めていた。

胸を撫でた手のひらで、能見の小さな乳首を探す。まったく感じないというわけでもないそれをくちびるに挟むと、能見の身体に緊張が生まれた。

周平はそこに性感帯のない男で、天真はそこそこ好きだった。能見もわりと嫌いじゃない。でも、そこを責めるのには躊躇《ちゅうちょ》があった。

積極的にフェラチオするのとは違うからだ。

「するの？」

「……いや……どうかな」

煮え切らない返事なのに、指はスリットの隙間に潜り込み、唾液で濡らして繋がった場所を這う。

中出しの後始末が面倒だから腹の上に出してもらったが、味気なかった。いっそゴムをつければよかったと思ったぐらいだ。

汗だくになって腰を振る能見が、目元をくしゃくしゃにして射精するとき、深々と刺し入った性器はのたうつように律動する。苦しそうな男の身悶《みもだ》えを感じるのがユウキは好きだった。

その瞬間、男は動かなくなり、まったくの無防備で、繊細な管を押し広げて飛び出す精子の勢いをやり過ごすのだ。後はぐったりと身を投げ出すのが普通だが、能見は違っていた。

せつなそうに顔を歪めて射精した後、すぐにさっぱりとした笑顔を浮かべる。

そして、ユウキの身体をあれこれと気づかってから、ようやく寝ころんで息をつく。離れているのはほんの数秒で、いつのまにか汗だくの身体で近づいてくる。

今度はユウキがそれを拭う。でも、いつも中途半端なままだ。

抱き寄せようとする力に勝てず、髪に何度もキスされる。

「硬くなってる……」

そっと掴むと、先端は先走りで濡れていた。

「うん……。おまえの匂いがエロいから」

「舐めようか」

「放っておけば収まるから」

眠るつもりでいるらしい。ユウキの後ろを指先でノックして、欲望を目覚めさせたことも忘れている。憎らしさを感じ、ユウキは布団の中へ潜り込んだ。

手で捕えた昂《たか》ぶりに、ねっとりと舌を這わせた。能見の腰が震え、そこは一段と大きくなる。

くちびるの間へと誘い込み、ねぶりながら指先で根元を育てた。隆々と勃ち上がる性器は、脈を打つ。能見の息も乱れ出した。

息を弾ませる能見が、まぶたに腕を乗せた。上下する逞しい胸につられ、割れた腹筋が浮き上がる。

「んっ……は……っ」

布団をはねのけ、手でゆっくりとしごき立てる。

「カチカチになっちゃった……」

「……ユ、ゥキ」

腰回りについた筋肉と、引き締まった大腿部《だいたいぶ》。

男の身体を眺めて欲情する性癖でもないのに、ユウキはうっとりと目を細めた。

自分の身体が内側から濡れていく気がして、何も言わずに腰へとまたがる。握り支えた先端を誘い込む。

「……おい」

能見が肩を起こす。

「ダメ。……したい」

胸を押し返して、身体を沈ませる。息を合わせるのは簡単だった。引退して一年経ったとはいえ、長年続けた淫売の手管が消えるわけでもない。

腰を揺らし、唾液を手際よく足せば、能見ほどの大きさでもすぐに飲み込める。窮屈さはあったが、何度かこすり合わせると粘膜のぬめりが行き渡った。

人間の身体は不思議だ。ただの排泄《はいせつ》器官でも、行為に馴染んで濡れるようになる。女のようにびっしょりとはいかなくても、裂傷を避けることはできた。

「……はい、った……」

大きくて長い能見のそれに内側から圧迫され、ユウキは眉根を引き絞った。体重をかけるほどに奥まで届き、内臓が押し上げられるような苦しさが生まれる。でも、快感だ。ぞわぞわとした痺《しび》れが広がり、溢れ出る吐息を手の甲で押さえた。のけぞると、それだけでこすれ合う角度が変わり、新しい悦が身の内に募っていく。

「んっ……、んっ」

ユウキが声をこらえて揺れる。能見の息もかすかに乱れた。

「奥、すごい……」

感嘆してしまい、そんな自分を恥ずかしく思う。止めようとしても止められず、もっともっとと腰が動く。

「苦しいだろ」

起き上がろうとする能見の手に腕をさすられ、ユウキはぶるぶるとかぶりを振った。

「気持ちいい……。義孝の、大きいから、すごく……っ、んっ……はっ……」

ユウキが全体重をかけても平気な身体の上に両手をつき、ゆっくりと腰をずらした。反り返る熱がびくびくと跳ねるのを、内壁で味わう。ただそれだけの自慰だ。

なのに、気持ち良くてたまらず、ユウキの股間は刺激を求めた。屹立《きつりつ》を手で包み、先端を撫でる。さわさわと揺れる能見の陰毛に、小さな膨らみの裏が淡くくすぐられ、淫らにせつない。

「動きたい」

折った枕を頭の後ろにあてがった能見が意気込む。でも、ユウキは許さなかった。

「ダメ。僕がするから、ダメ」

「……無理だ。おまえがエロくて……、動きたい」

「我慢してよ。……もっと、してたい……」

くちびるを噛んで、見せつけるように自分自身を手でしごいた。

月明かりが窓の障子に当たり、部屋の中を仄明《ほのあか》るく浮かび上がらせる。

性器をいじると、能見を飲み込んだ場所も身悶えるようにうごめく。ユウキの内壁が絡みつき、能見をきゅっと締め上げた。

苦しげに呻いた能見がシーツを掴んだ。そうやって耐えても、オスの衝動に駆られた腰はこらえきれず、細やかな動きで前後に揺れている。

それさえ、能見という男の優しさだ。出会った頃にはなかった。初めはレイプまがいのセックスで欲望をぶつけられ、いつものようにやり過ごしたのだ。

やり過ごしたと、思った。

でも、能見のセックスは初めから気持ち良かった。男娼とそれを犯す役でベッドに乗った一番初めから、能見の腰つきはユウキをダメにした。忘れていたことを思い出し、ユウキは深く息をつく。

快感が内側から艶めかしく広がって、息がまた乱れる。

ユウキの繊細な腸壁を撫でさすった能見の昂ぶりが、こつこつと奥を叩く。

「はっ……ぁ。はっ、はっ……」

荒い息を繰り返し、ユウキは摑んだ自分自身を無我夢中でしごいた。根元から先端へ。そして、亀頭をぬるぬると撫でる。

「……ユウキ、もっ……絞る、なっ……」

能見の低い声がわなわなと震えて聞こえた。

「義孝、気持ちいい？」

「くっ……。いいっ、から……。だからっ……もう、しごいてくれ……ッ」

我慢できないと限界を訴えた能見に応《こた》え、ユウキは両手で身体を支えた。ヒップを浮かせると、腰が追ってくる。それを押し戻して、また浮かせる。

「焦らすなっ……」

腰をがっしりと摑まれ、強引に戻された。同時に突き上げられ、衝撃が身体の中心を駆け上がる。

それが、能見とのセックスだ。初めて犯された日にも感じた。

鍛え上げた腰のピストンで責められ、先端がユウキのツボにぎっちりと押し当たる。そういう身体の相性を、運命と呼んでいいのかわからない。

運命はもっときれいなものであるべきだと思う。だけど、心みたいに不確かなものではなく、どうやっても抗《あらが》えない身体の部分で縛られている方が、安心できる。

能見も同じように気持ちがいいなら、罵ったり殴ったりしない相手の心を疑わずに済む。

呻きが洩れるような激しさにのけぞると、能見が腹筋で身体を起こす。背中を抱かれ、あっという間に体勢が逆になる。

声をあげる暇もなかった。手のひらで口元を塞がれ、発情期のような動きでがつがつと腰を打ちつけられる。

獣のような息づかいで肉を突く能見の動きに、ユウキは涙を浮かべて奥歯を噛んだ。互いを気持ちよくする性交を想像するより、自分のそこを使って射精する能見を考えた瞬間、いつもより心が熱く燃える。

犯されてすらいない。自分は、転がる抱き人形だ。

「んぅ……ふっ……っ！」

苦しさの中で絶頂が弾け、ユウキは大きく息を吸い込んで果てた。同時に、限界までこらえていた能見の精液が飛び出してくる。

どくどくと奥へ注ぎ込まれ、触られもせずに達したユウキの先端からも精液が溢れ出た。後ろに出されたものが貫通して溢れたようなタイミングの吐精はいやらしい。

能見はまだ興奮が収まらずに腰を振る。その激しさを抱き止め、ユウキはなおも腰をすり寄せた。

肌が粟立《あわだ》ち、神経がビリビリと過敏さを際立たせる。快感で目元がかすみ、甘だるい吐息が尾を引く。

ユウキは強く目を閉じた。

ぶるぶる震える身体を能見へと投げ出して、好きなように貪らせる。腰を摑まれ、なおも揺さぶられ、能見の手ごとくちびるを押さえた。

骨の髄までしゃぶられたいと思う一瞬に、声にならない嗚咽《おえつ》が洩れ、涙がこぼれていく。

身体と心のネジが離れ、元へ戻らない。

「ごめん……」

親指で拭った能見が、胸をぴったりと寄せてきた。

汗で肌が濡れ、心臓の音が重なり合う。それが、乖離《かいり》しかかったユウキの理性をあやうく繋ぎ止める。

「タオル絞ってくるから、待ってろ」

さっき使ったバスタオルをユウキにかけ、能見が離れていく。

開きっぱなしになっていた足がそっと閉じられる。

心臓がバクバクと激しく動き、声も出せない。はぁはぁと継ぐ息が苦しかった。

ユウキは声にならない声で、部屋を出ていく能見を呼ぶ。必死になって引き止めた。

ここにいて。離れないで。

溶けるまで、抱きしめていて欲しい。

それは、遠い昔の呼びかけだ。

甦る自分の泣き声に、ユウキは呆然《ぼうぜん》と天井を見つめた。

すぐに戻ると言って、能見は下着一枚で部屋を出た。それが、まともな恋愛をしてきた能見の『普通』だ。

かいがいしく面倒を見て、自分の身勝手さへの許しを求める。ユウキの心に巣食う闇とはまるで正反対の、明るい習性だ。

流れる涙を、身体にかけられたバスタオルで拭った。

精巧にできた使い捨ての抱き人形と遊んだ後で優しくする男なんていない。自分が出した精液さえ汚れものだと蔑《さげす》み、足が開いていようと息が乱れていようと気にせず、下に入れていたものを口できれいにさせる。

そうやって余すところなく利用されることがユウキの『普通』だ。ずっと普通だった。

くちびるを噛んで感情をやり過ごす。

能見が戻るまでには泣きやまなくてはいけない。そう思い、必死になる。

何を思い出しても、それは口にしない限り過去だ。

発作のように繰り返される自虐と自傷も、やり過ごせば知られることはない。隠し通せる。ずっと、これからもずっと、能見の『普通』に寄り添えば……。

だけど、夢はいつか醒《さ》める。

ユウキが恋をした天真は、優しい男だった。客を取って疲れ果てたユウキを抱き寄せ、柔らかなキスをたくさんくれた。

優しい言葉と、甘い笑顔。嘘《うそ》はどこにもなかった。

だけど、周平は許さなかったのだ。天真を連れ去り、ユウキを孤独に戻した。

それは間違ったことじゃない。

天真は善人だったし、一度もユウキを殴らなかった。

身体を重ねる快感は、周平のそれ以上に気持ちが良くて。

「……っ」

丸めたバスタオルに顔を押し当てたユウキは嗚咽を洩らす。

二度と会わない方がいい相手はいるのだろう。これまでずっと避けてこられたのは、周平の監視下にいたからだ。

再会しても、周平なら繋ぎ止めてくれた。

心と身体の乖離を止め、自虐も自傷も許さない。

身体中の血管が広がっていく愉悦の感覚を思い出し、ユウキはさらに身を屈めた。

忘れなければいけない。

天真との『過去』は忘れなければ。

飲み込まれる。

だけど、ぞわぞわと肌を這う快楽のおぞましさは忘れがたい。

天真の唯一の欠点。それを周平はずっと隠し通した。

ユウキの経験した『まともな恋愛』を、残酷な現実で壊すまいとしたのか。

それとも、説明をするのがただ面倒だったのか。

涙をこらえ、ユウキは静かに深呼吸を繰り返す。おぞけ立つ肌を懸命になだめ、過去に帰りたがる自分を押し殺した。

天真とのセックスが、周平とのセックスより良かったのには理由がある。好きだったとか、愛し合ってたとか、そんなことは世迷言だ。信じるのは、バカな自分ぐらいだとユウキは思う。

天真はいつもクスリを使っていた。

それだけのことだ。

「お待たせー。廊下、すっごい寒い」

陽気な声の能見が、温水で絞ったタオルを手に戻ってくる。ユウキはいつものわがままぶった笑顔で迎えた。

それが、能見の望む自分なら、満足いくまで演じていたい。これは本気だ。

楽しそうな仕草に任せて、身体を拭われ、下着とパジャマを身につけて布団へ戻る。

まるでお姫様だ。シンデレラの魔法は十二時に終わると知っていて、ユウキは時間を数えない。

「泣いたのか？」

めざとく指摘され、首を左右に振る。長袖のTシャツを着た能見を引っ張って、布団の中へ招き入れた。

「我慢してる義孝がやらしくて、よかった……」

胸に顔を埋め、手のひらを押し当てる。

「必死でシコってるおまえもよかったよ」

「ばか……」

「愛してる」

チュッと額にキスされる。そのまま、くちびるが合わさった。

ぞわっと肌が総毛立つ。過剰反応だ。

しばらく忘れていた感覚が甦り、踏みとどまれるだろうかと思うことさえ恐ろしい。

考えれば、クスリの感覚をなぞってしまう。だから目を閉じた。能見の心臓の音だけを頼りに、眠りの入り口を探す。

何も知らない能見がノンキに髪を撫でる。

「おまえは、かわいい……ほんとに、かわいい」

あやすように繰り返され、能見の声に誘われたユウキはやがてうとうとと寝入っていく。

遠く、潮騒の音が消えていき、ただ、夢も見ずに眠りたかった。

3

いつのまにか雨戸がはずされ、引き上げられた雪見障子の向こうに能見がいた。縁側で煙草を吸う背中に、男の哀愁がある。

それをぼんやり眺めているうちに、向こうにも気づかれた。くわえ煙草で身を屈めた男が満面の笑顔で手を振ってくる。

布団にこっぽりとあご先まで潜ったユウキは、ちらちらと指先を振り返す。

「おはよう。ユウキちゃん。昨日のエロいエッチで大満足か？」

ひひひと笑いながら這い寄ってきた能見が、布団へずぼっと手を入れた。冷たい手に驚いたユウキが睨むと、へらへら笑って布団の端を持ち上げた。いそいそと入ってくる。

「寒い寒い」

「上着を着ないからでしょ」

「だいじょうぶかなー、と思ったんだ。ダメだったな」

「……あっ！　パジャマの中は、ダメっ……」

冷たい指先を叩き払って握りしめる。

「本当に冷たいんだから」

「おまえの太ももで挟んで欲しい……」

「お断りします」

笑いながら、手で包んで撫でさする。

「ほんと、昨日の騎乗位はよかったたな。犯されるのって、けっこう快感。……おまえの一人エッチしてるとこ、好きだ」

「嬉しくないし……」

「俺がするとこ、見る？」

「楽しくない。何を想像してるのか、考えるとムカつくから」

そんなときまで自分だとは思えない。どうせ、一人のときは画面の中のAV女優相手に処理しているに違いない。

「おまえに決まってんだろ。なぁ」

「知らないったら……。どうでもいい。そんなの」

ぷいっと背を向けると、じりじりと距離を詰められた。ぴったりと背中から抱かれる。

「朝からしちゃう？」

「……佐和紀に覗かれるから、イヤ」

「覗く気なら、もう見てるだろ」

「考えさせないでよ……」

呆れたため息をつき、ユウキは自分の左手を見た。薬指につけているのは、能見がくれたピンクダイヤモンドのエンゲージリングだ。

能見の左手には女避けのマリッジリング。そのうちにお揃いを買おうと言ったきりで、ユウキが贈ったものをつけている。

「義孝……。あのね、昨日……、知り合いに会った」

「どこの、誰」

声に何げない緊張を感じ、ユウキは身を起こした。

「……誰から聞いた?」

見下ろすと、寝ころんだままの能見がにやりと笑う。

「石垣くん。おまえが寝てから、無理やり起こして聞いた。昨日の夜は泣くようなセックスじゃなかっただろ」

「……だった、よ……」

叩き起こされた石垣に同情しながら視線をそらす。

気づかれていないと思っていたが、能見は泣きやむのを待って入ってきたのだ。能天気な声だったのも、わざとだったのかもしれない。

武骨な手に膝を掴まれ、さわさわと撫でられた。

「昔の知り合い。デートクラブができた頃に働いてた」

「どこの、誰？」

「寝たこと、あるのか？」

まっすぐに聞いてくる能見を睨むことはできなかった。

「仕事でってこと？　それとも……」

言葉を濁すと、能見も布団の上に座った。

「過去だな」

聞いたことを後悔するような声色で重いため息をつく。それから、暗い雰囲気を払拭《ふっしょく》しようと笑う。

「そいつに会って、岩下さんとのことを思い出したのかな、って。……そう思ってただけだ」

「終わったことだよ、それもこれも」

「簡単に言うなよ。おまえはそんなに単純じゃないだろ。俺じゃあるまいし」

「稲尾天真って名前の男だよ。それでね。義孝が探してるカップルを知ってるって。ここのヤクザに預けたんだけど、男の方の素性が知れてタカられそうだって言ってた」

「そっか」

「連絡先は聞いてるから、繋ぎを取るかどうかは義孝が決めて」

「俺が会っても平気？」

「……そんなことを気にしてもらう関係じゃない。確かに、一時期は付き合ってたけど。あっという間のことだったし」

「相手は忘れてないだろ。おまえはかわいいから」

能見の手が伸びてきて、髪を片方の耳にかけられる。

「俺と一緒に、幸せなところでも見せつけてやるか？」

「ほんと、能天気」

笑ってしまったユウキは、肩を揺らす。

心身の乖離に怯えた昨日の夜がまるで嘘のようだ。

「おまえが俺のものになってくれて、本当によかった」

顔を覗き込まれ、胸の奥がきゅんとせつなくなる。好きだと思うたびに心臓が跳ねて、恋に落ちる瞬間を繰り返す。

手を握られて、目を閉じる。キスが甘くくちびるを塞ぐ。

肌はふわりと火照ったが、おぞけ立つ感覚は生まれない。

まぶたを開くと能見がいて、ユウキは戸惑う。何が自分の『普通』なのか、それを見失った。

＊＊＊

ユウキに引き合わされた天真は、能見が拍子抜けするほど人のいい男だった。

待ち合わせのファミレスに現れたときから腰が低く、十人会えば十人が礼儀正しい好青年だと太鼓判を押すタイプだ。ユウキを酷い目に遭わせた元カレの堺も外ヅラは良かったが、天真は表裏さえないように見える。

佐和紀と石垣が、通路を挟んだ向かいの席に移る。

佐和紀はキルティングのスカジャンにサングラスをかけ、石垣はダウンジャケットを着ている。

天真は空いたソファ席に収まった。

「午前中に連絡を取って、二人を引き渡してもらえるように頼みました。横浜からの追手だとわかったみたいで……」

薄手のダウンジャケットを脱いだ天真は、黒いタートルネックの袖をわずかに引き上げる。

「そっちの都合はいいの？」

煙草を口から離して聞くと、天真は小さくうなずいた。

「楓果ちゃんがヤクザの愛人だったって、ユウキから聞きました。二人を逃がした友達も、尚貴くんの事情は知らなかったみたいで。あとはもう二人の問題だって言ってます。……説得して言うことを聞いてくれるなら、それがいいと思います」

「楓果って女の方は、ただじゃ済まないけど」

「仕方ないですね。追手がかかるなんて、そもそも普通じゃない」

「稲尾くん、だっけ？　あんた、こっちで何してんの？」

煙草の灰を落として、視線を向ける。

「フリーターみたいな感じです。居酒屋の雇われ店長とか、ラウンジのボーイとか。貝原組の吉木《よしき》さんとは、行きつけてた飲み屋が同じで、なんとなく仲良くなっただけで……」

「その男って、役付き？」

「若頭です」

「じゃあ、いいか」

煙草を揉み消してうなずく。上位幹部なら、決定権も持っているはずだ。尚貴の実家から引っ張る金についても交渉の余地がある。

それほど大きい金額でなければ、札束でカタをつけるのが早い。

「じゃあ、案内してくれる？」

能見が声をかけると、天真はすぐに動いた。

今日で新潟入りして三日目になる。これで終わったならボーナスだと思ったが、おそらく新潟を出るのは明日になるだろう。田淵からの依頼も無視はできない。どちらかと言えば、それが大問題だ。

道場から連れてきた生徒が運転する車で貝原組の事務所まで行くと、吉木はドアの前で待っていた。

やや中年太りしているが、若い頃のヤンチャぶりを残した顔は渋い。眼光の鋭さのわりには温厚な笑顔で出迎えられた。

横浜のヤクザに慣れた能見たちからすると、拍子抜けするほど人当たりがいい。

カップルはすでに別々の部屋で待たされていた。

河島尚貴と話すことにして、佐和紀と石垣に楓果を頼む。

ユウキを伴って応接室に入ると、暗い顔をした青年はぼんやりした顔で座っていた。

能見たちを見て苦虫を噛みつぶしたような表情になる。

「恋人は、ヤクザの愛人だって話したんですが、まるで信じなくて……」

困ったように眉尻を下げた吉木が、一人掛けのソファに座った。能見はユウキと一緒に尚貴の前へ腰かける。

「尚貴くん、君はもう帰った方がいい」

声をかけたのは、天真だ。尚貴の隣に座り、穏やかに言う。

尚貴は育ちの良さが滲んだ顔に苦悩の色を浮かべた。見るからに苦労知らずだ。苦境に立つ女への同情が溢れ、青臭い正義感がぷんぷんと匂い立つ。

能見や吉木は一目で呆れたが、天真だけが面倒見のいい兄のような顔で目を細めた。

「知らなかったんだろう」

「だからって、じゃあ、別れますなんて……そんなふうに思えません。好きだから、一緒に生きていくって決めたんですよ。どこまでだって、逃げます」

心の底からそう感じている声で、尚貴は言い切った。

でも、くちびるを嚙む仕草が幼稚で、せっかくの男前が台無しになる。

「あんたに決定権はないよ」

能見が口を開くと、天真と尚貴が揃って顔を上げる。

「ヤクザの愛人ってフレーズが陳腐に聞こえてるなら、その時点でアウトだな。口で言うほど甘くない」

「そんなことは、言われなくてもわかってますよ！　だけど、過去で人を判断できないじゃないですか」

「見たままを好きになっただけなら、適当な女を見繕って整形でもさせとけよ」

「中身です！　中身の話をしてるんです！」

尚貴が逆上して立ち上がる。

「どうでもいい」

能見はあっさりと切り返した。煙草を取り出し、火をつけずにくわえる。

「あんたが現実の見えないお坊ちゃんだってことはわかった」

「尚貴くん。落ち着いて」

天真が手首を引いたが、振りほどかれる。わざわざ立ち上がった天真は苛立つそぶりもなく、肩を押さえるようにして尚貴を座らせた。

「楓果はどうなるんですか」

肩を震わせたかと思うと、次の瞬間、尚貴は両手で顔を覆った。驚くことに、しくしくと泣き出す。

能見は思わずユウキを振り向いた。こんな反応が返るとは思ってもいなかったのだ。

ユウキは静かにまばたきをした。能見のやり方を全面的に肯定して、

「とりあえず、ホテルにでも移ってもらって、落ち着いた方がいいよ。楓果ちゃんだっけ？　カノジョとも、もう一度話をしたいだろうし」

柔らかな声で、うまく話を進めた。だが、気持ちを昂ぶらせている尚貴は素直に従わない。涙で濡れた顔で喚《わめ》いた。

「いますぐ、連れてきてください！　一緒じゃないと、俺は動かない！」

「尚貴くん。だいじょうぶだから、ちゃんと会えるから」

天真になだめられてもまだ、尚貴は泣きじゃくっている。二十八の男が見せる感情じゃない。

でも、こういう男だから、楓果にハマったのだろう。おそらく、生まれて初めて、誰かを守るという幻想を教えられ、ヒーロー気分で手に手を取って逃げたのだ。十代の青臭いガキならドラマにもなるが、この年齢ではあまりに情けない。

ユウキと天真に付き添われた尚貴は、廊下へ出ていく。

「ご迷惑をおかけしました。もし、かかった費用があるようなら……」

ポケットから出した名刺を、吉木に差し出す。名前をサッと見た後で、まじまじと顔を観察された。

能見の経歴を知っているのかもしれない。吉木は二度三度と視線を行き来させ、もの言いたげにくちびるを震わせたが、結局は何も言わずにうなずいた。

「うちはいいですよ。天真くんに頼まれて預かっていただけだ。横浜で問題を起こしたなら、揉める前に引き取ってもらえてよかったぐらいで……。天真くんと付き合いがあるのは、あんたですか」

「いや、俺の隣にいた男の方で」

「あ、男なんだ」

吉木が思わずドアを振り向く。ユウキが女に見間違われるのは珍しい。

「男ですよ」

笑って答えると、吉木は照れ笑いで頭を掻いた。

「てっきりあんたのコレだと……。それなら女だとばっかり。かわいい顔してるなぁ」

ピンと立てた小指を見せられ、それは事実だけどと、心の中で言う。『あんたのコレ』なのも、『かわいい』のも両方だ。

「稲尾くんが何か？」

「いいんだ。私の名刺も渡しておきます。またこちらに来ることがあれば、声をかけてください。ご案内しますよ」

社交辞令に会釈を返し、渡された名刺をポケットに押し込んだ。外へ出ると、いつのまにか佐和紀たちも部屋を出ていた。

尚貴と楓果が抱き合って泣いている。

「AVなら、濡れ場が待ってるだけ許せるけど……」

近づいてきた石垣に耳打ちされ、能見もげんなりとしてうなずいた。胸やけする安っぽさだ。

真顔になった佐和紀の不機嫌に気づいた石垣が、二人を促して車に乗せる。そのまま隣に同乗した。宿へ先に戻るユウキと佐和紀は、別の一台へ乗り込んだ。

走り去る車を見送って振り向くと、思いがけず天真がいた。

「これで一件落着だな」

「本当に、助かりました。妙なことに巻き込まれて、悩んでたんですよ」

ふかぶかと下げた頭を戻し、天真は苦笑いを浮かべた。つられて能見も顔を歪めた。

「あの思い込みはすごいな。俺とは別世界の話だ」

「親が金を持ってるっていうのは、生まれ持った運ですね。……さっきのあれは、本心ですか」

「うん？」

「能見さんは、ユウキのどこを好きになったんですか。外見なんですか、中身なんですか」

臆することのない目が、まっすぐに問いかけてくる。眩《まぶ》しく思えるほど、澄んだ瞳だ。

こんな男を知っていながら別れるしかなかったユウキの過去を思うと、胸が張り裂けそうになる。幸せになれる分岐点も、本当はちゃんとあったのだ。

かつてユウキを取り戻そうとした元カレの堺は、外見ばかりを取り繕った男で、薄汚れた下心もすぐに知れた。

それに比べて、天真はどうにも清々しい。非の打ちどころのない好青年だ。

「さっきのは尚貴たちの話だろ。うちとは関係ない。俺は人を頼って逃げたりしないしな」

能見の返事を聞いた天真の表情が歪む。

「ユウキは足を洗ったんじゃないんですか。本当に、店を辞められたんですか」

「辞めたよ。引退して、立派な人に身請けもされた」

「……だけど、あなたが相手では、何も変わらない」

天真が、一歩踏み出した。

「抜き差しならなくなる前に、ユウキを逃がしてやってください」

詰め寄られ、正論がちくりと胸を刺す。

ユウキをもてあそんでやるとニヤついた田淵の顔が脳裏に浮かび、能見の頬が引きつる。好きや嫌いではうまくいかないこともある。だけど、あきらめきれない想いもある。

若気の至りでリングに上がれなくなったとき、能見に足りなかったのは踏ん張りだ。どうしてもあきらめられないとしがみつけば、いまもまだ向こうの世界にいたかもしれない。

その後悔が胸に淀み、ユウキを手放すことはできなかった。たとえ、その方が簡単に幸せになれるとしても、セックスのあとで嗚咽を洩らすような相手を誰にも渡せない。

惚れているから、あきらめられない。

「それをおまえが拾うのか」

「そんなつもりはないです。俺は一人で逃げた男ですから。でも、いまも好きです。あの頃のまま、ユウキが好きです」

「あいつは、あの頃のユウキじゃない」

　はっきり言い返した。天真は一瞬だけたじろぎ、すぐに表情を引き締める。

「それなら、俺だって、あの頃とは違います。……いまなら、ユウキの悲しみに寄り添う自信があります」

「譲れ、って?」

「いえ……、言いません。ユウキはものじゃない。それに、間違っていることには、ユウキ自身が気づかないと……」

「間違い?」

「そうです。ヤクザと付き合っていたら、何も変わらない。ユウキにはもっと違う生き方がある。……やっと、あの人から解放されたなら、なおさらだ」

「……あの人、って、岩下さんか。もし邪魔されなかったら、ユウキを連れて逃げるつもりだったのか」

「俺は、一緒に死ぬつもりだったんです。どうせ逃げきれないから」

　あごを引いた天真は、強い口調で言う。そこには実行できなかった自分への憎しみがあり、見据えられた能見は黙って視線を受け止めた。

　自分が思う以上に、ユウキと天真の過去は深い。

　能見が経験してきたような『惚れた腫《は》れた』の単純な恋じゃないことは、ユウキの過去を思えばすぐにわかる。

それほど過酷で、それほど救いがない生き方だ。

「殺すなよ。あんなかわいいヤツ、いないだろ」

ふっと息を吐き、能見は視線をそらす。

ユウキは泣くことにさえ罪悪感を抱く男だ。はらはらと涙をこぼすことはあるが、能見がいないときには昨日のような嗚咽を洩らす。

気持ち良かったからだとごまかされて騙されたふりをするけれど、強がりの裏に深い傷があることは確かだ。その強がりでさえ、岩下が教えた処世術に過ぎない。

偽りの自分を支えに生きてきたユウキは、本心を隠すことがうますぎる。

「岩下さんがいないなら好都合だなんて、そんな考えでコナをかけるな。いつ頃付き合ってたかは知らないけど。ユウキは本気で、あの人に惚れてたんだ」

「それなら、俺の後ですね。あのヤクザのやりそうなことだ」

嫌悪を露わにして、岩下を悪《あ》しざまに言う天真は強気だ。

でも、横浜に戻れば、天真だって岩下から逃げ回るだろう。

そう考える自分を、能見は苦々しく思った。

ユウキを苦しめた堺と、この男は違う。

昨日のユウキの涙が過去を思い出してのことなら、その涙の意味だって違うかもしれないのだ。

ユウキをモノとして扱った堺とは違うなら、天真は優しくユウキを愛したに違いない。きっと、そこには、きれいな感情があったはずだ。岩下が裂かなければ、二人は平凡に幸せだった。

想像したくもない『もしも』に胸の奥が焦げ、嫉妬《しっと》のみっともなさも忘れる。能見は天真を見据えた。

「……惚れてたんだって、言っただろ。岩下さんの嘘でも、片想いでも、なんでもいいんだよ。ユウキは好きだったんだ。大事なのはその気持ちだろ」

「ユウキのこと、本当にわかってるんですか」

真剣なまなざしを真正面から向けられ、能見はついっと目を細める。睨み返す気にはなれない。

欺瞞《ぎまん》しかない世界に生きる能見は、確かにユウキを平凡にはしてはやれないからだ。

苦労知らずの尚貴と違い、たやすくヤクザの手を借りられる天真は世渡り上手だ。ヤクザでもチンピラでもないところにいる一番強いカタギだ。

そして清廉な正論を口にするだけの説得力があった。

「さぁ、どうだろうな」

そらとぼけた能見は、答えを出さずにその場を離れる。

田淵に脅されている状態で聞くには痛い言葉ばかりで、持ち直した気分がまた塞ぐ。天真のような器用さが自分にはない。正規の構成員に取り立てられるわけでもなく、都合のいい準構成員として飼い殺されているだけだ。

その挙句が、田淵からの脅しとは八方塞がりもいいところだろう。

こんな面倒ごとを何もかも捨て去って、お花畑で暮らせたらどんなにいいか。そう想像してみても、足抜けも不幸への一歩だ。

愛があれば貧乏でもいいなんて言えるほど若くはないし、ユウキは耐えられないだろう。金のない生活は心を荒《すさ》ませる。一度でも贅沢《ぜいたく》を知ればなおさらだ。

能見は自嘲《じちょう》の笑みを浮かべ、車に乗った。

そんなことは周りが許さないとわかっている。

樺山は激怒するだろうし、佐和紀も黙っていない。

もしもユウキの選んだ相手が自分ではなく天真だったなら。誠実で利口な男だったなら。

樺山だって、あんなふうに嫌味は言わないのだろう。

助手席に座ると、後ろからすすり泣きが聞こえる。振り向いて睨みつけたが、涙の抱擁を続ける尚貴と楓果は意にも介さない。能見は苦々しく舌打ちをした。

周りを気にせず、好きだ嫌いだで人生が済んだ頃に戻りたいと、思わずにいられなかった。

＊＊＊

店へ向かうタクシーの中で、三度は引き返してくれと言いかけた。駅近くにある若者向けのカフェバーを前にしたときには、軽い目眩《めまい》と息切れを覚え、やっぱりやめようとユウキは踵を返す。

ダウンのインナーがついたミリタリーコートの裾を翻し、足早に大通りへ戻る。タクシーに向かってあげた手が、誰かに摑まれた。そのまま引き下ろされる。

「帰ること、ないだろ……」

全力疾走したらしい天真は、肩を激しく上下させて言った。

「一杯だけでいいって、俺、言ったよな」

「……」

そんな誘い、その場で断るべきだった。貝原組の応接室の前で小さなメモを握らされ、首を左右に振ったが、メモを返すことまではできなかったのだ。

「能見さんと来るかと思ってた」

言われて初めて、一人で来るように言われなかったことを思い出した。メモに書かれていたのは、店の名前と時間だけだ。

でも、二人で来るなら呼び出しに意味はないだろう。天真もわかっていて言っているのだ。

「いま、楓果と話をしてる。仕事だから……」

邪魔をしたくなかったと言い終わる前に腕を引かれた。

店に連れ戻され、奥の席に座らされる。店内は暖かかったが、ユウキはコートを脱がなかった。長居をするつもりはない。

「何を飲む？　ここ、チョコリキュールあるから、ミルク割りにしてもらおうか」

ユウキがうなずく前に、天真は店員を呼んで注文を告げる。自分はビールをおかわりした。

「あの子……楓果は、何をして追われてるの」

何げない天真の質問に、ユウキは憂いのため息を吐き出した。来るべきじゃなかったと後悔ばかりを感じ、気持ちが落ち着かない。

でも、無視はできなかった。引き裂かれたままで終わったことへの未練だ。

「さぁ……知らない。上の人から頼まれた仕事なんだって」

「そっか。……付き合ってんだろ？」

「うん」

結婚してると言う前に、天真が手を伸ばしてくる。

「左手、見せて」

差し出された手のひらを拒否して身を引く。

「相手は能見さん？　ヤクザだろ。……やめろ」

まっすぐに見つめられ、うつむいたあごを指先に持ち上げられる。顔を振って逃れると、両手で挟まれた。

テーブル越しに身を乗り出した天真は、怒ったふりをしているだけだ。おどけたように頬を膨らませる。

「岩下さんに言われたのか」

「……命令で付き合ったわけじゃない。自分で、選んだんだ」

「選んだ、って……、どうせそうなるように仕向けられただけだろ」

「天真。僕は周平を悪く思えない。だから、そんなこと言わないで欲しい」

「惚れてたから？　俺は信じないし、そんなことは許せない」

強い口調で言われ、ユウキはまたうつむく。

「俺が逃げたと思ったのか」

「逃げて当然だったよ。骨の数本で済んだなら、いい方だ……」

「何度も会いに行った。おまえが入った病院にも。でも、おまえは……」

「……もう終わったことだ。恨んでなんかないよ」

会えるはずがない。窓に鉄格子のつけられているような病院だ。それに、ユウキも正気ではなかった。

注文したドリンクが届き、ユウキはグラスを掴む。想像とは違い、手は震えもせず、背筋を伸ばしたまま一口飲んだ。

「だけどさ、天真。やり直すこともできない。僕にとってはいい思い出なんだよ。この前会って、少し話して……、このまま、そう思ったままで離れたいなって、思った。今日ここへ来たのは、あの頃のお礼と……」

天真の目のふちが赤くなる。涙をこらえた男は顔を背けた。

互いの過去は消せない。あの一瞬の恋は、終わった後も残り続けて、いまもある。

そこにどんな悪事が混じったとしても、恋は恋だ。人の気持ちはいつも、物事の奥深くに眠っている。

ユウキは視線を伏せて続けた。

「謝りたくて……。一緒に、死ねたらよかったね……」

「その方が、幸せだっただろう」

「思ってもいないこと、言わないでよ」

「本気で好きだった。いまも、好きだ」

「ありがとう。でも、ごめん」

「おまえは本気じゃなかった？　俺を恨んでくれたら、よかったのに……」

「そんなに強くない」

首を振って答える。

恨んで生きるより、思い出にすがる方が何倍も優しい。どうせ流されて生きるなら、前は見ないことだと周平が教えてくれたのだ。

「もっと、ひどく扱えば……、ヤクザがするみたいにすれば……」

言いかけたままで、天真は両肘をテーブルについた。顔を手のひらで覆い、何度もこする。

そんな仕草を、ユウキはただ黙って見つめた。

ここに来た本当の理由を目の前の男に求め、真実を見極めようと目を細める。

周平が知れば、吹っ飛ぶぐらいの平手打ちをされる自虐的な行為だ。

どうしようもない自分の性《サガ》にユウキは辟易《へきえき》した。

つらい過去を背負っていても、せつない恋を知っている。そして、必要としてくれる周平という男がいる。だから、自分で選んで、身を売る。

それが、周平から与えられた偽りのアイデンティティーだった。

能見と付き合うことで救われたように見えても、そう簡単なものではない。ユウキは周平とは違うのだ。結婚したからといって、これが永遠に続くとも思えない。だから、繰り返し自分を傷つけたくなる。

性というより癖だ。たちの悪い自傷癖。わかっているのに、止められない。

自分を傷つける誰かの欲望でしか、成立できないときがある。

「帰したくない」

真摯《しんし》に見つめてくる天真の目は、やっぱり澄んでいる。そこは堺と同じだった。だから好きにもなったのだ。

この男は、いつだってそうだった。清らかな笑顔のままで屈託のない誘いを持ちかける。美しい言葉で、人を言いくるめてしまう。

天真の言葉に身を委《ゆだ》ねることは、とても心地がいい。耳触りのいいことしか言わないからだ。能見のように、能天気な言葉で人の気持ちを逆撫ですることもない。

チョコリキュールのグラスを天真へと押し戻し、ユウキは静かに息をつく。

能見の顔が脳裏に浮かび、そこから動かなくなる。

塞がった傷を掻きむしりたくなる悪癖が、激しい罪悪感に変わる瞬間だ。手が止まり、泣きたくなる。そして、ただ泣けばそれでいいのだと思い出す。

そうすれば、傷なんてつけずに傷むことができる。傷んでしまえば、あとはもう能見が手を押し当ててくれるだけだ。

まるで子供にするおまじないのように、『痛み』なんて飛んでいけと、たわいもなく笑ってくれる。

だから、ユウキは泣くのだ。部屋に戻ってくる能見が聞くかもしれないと心のどこかではわかっている。気づいて欲しくて、慰めて欲しくて、能見のすべてが永遠に自分のものであって欲しくて、浅ましい計算をする。

聞いていてもいなくても、いつだってチヤホヤしようと待ち構えている能見の優しさは、天真がくれたものよりも尊い。その理由とか根拠なんてどうでもいいことだ。

ただユウキが能見を好きだから、過去の男なんて太刀打《たちう》ちできない強さでそう思う。

引き結んだくちびるをほどいた。

「騙されてあげられるほど、僕はもう不幸じゃない」

その瞬間、天真が無表情になった。感情のないうつろな目はガラス玉のように澄んで見える。

天真が望むものは、ユウキの身体が運ぶ金じゃない。殴って得る優越感でもない。もっと残酷な、不幸の匂いだ。

ユウキの身体の奥についた傷が口を開き、溢れ出る膿《うみ》の淀んだ臭いが天真を悦《よろこ》ばせる。昔はそんなことを思いもしなかった。でも、今は瞳を見ただけで残虐さがわかる。

人格者の仮面の下に潜む、歪んだ欲望だ。

店のドアが開き、新しい客が入ってきた。

店員を退け、まっすぐに向かってくる男は、ユウキたちの席へ一直線にやってくる。ジーンズにカシミアのセーター。その上からレッドとホワイトのスカジャンを羽織っている。眼鏡を押し上げた佐和紀がユウキを睨んだ。

「帰るぞ」

冷たく呼びかけられ、うなずいて席を立つ。

天真の伸ばした手を、佐和紀が払いのけた。

「俺の旦那は岩下周平だ。これ以上、ユウキにかかわると昔と同じ目に遭うと思えよ」

「……ヤクザの脅しに屈すると思うんですか。この時代、強いのは俺たち一般人ですよ」

天真は堂々とした態度で佐和紀と向かい合う。

「やめて、天真。この人は、岩下よりも厄介だから」

笑ってしまったのは、自分自身の愚かさを実感したからだ。天真が隠し持っている悪意を知りながら、かわいそうな自分が懐かしくて不幸を求めた。

でも、すべてが昔のようにはいかない。

傷つくことでみすぼらしくなろうとしても無駄だった。

天真に向かって唸《うな》る佐和紀の背中を押す。鮮やかな昇り鯉《ごい》の刺繍《ししゅう》が施されている。

「たぶん、クマも殺せるから」

そう言い残して外へ出ると、春先の寒さの中でも素足に雪駄の佐和紀が地団駄を踏んだ。

「熊なんて殺せるか！」

「やってみたら、できるかもよ」

笑いつつ、店の外で待っている石垣にも目配せをした。手にしているのは佐和紀のマフラーだ。

大通りへ向かって歩き出すユウキと佐和紀の後に、一定の距離を置いてついてくる。

「迎えに来てくれて、ありがとう」

佐和紀へ声をかける。ちらりと見下ろされた。

「これ見よがしにメモを落とすからだ」

「一人でも帰れたけどね」

「嘘つけよ。ぽーっとしてただろ。昔の恋に疼くような浮気心があるとは思わなかった」

「いい思い出もあるんだよ。僕にだって」

「おまえのモノサシは、おかしいぞ」

振り向いた佐和紀に手首を掴まれる。顔を覗き込んできた目が、どことなく怒っていた。

佐和紀も優しい男だ。だから、昔のようにはなれない。どんなに不幸にすり寄っても無駄なのは、引き戻そうとする人間が一人じゃないからだ。

能見と佐和紀がいる限り、単細胞で浅慮な気づかいにユウキは真剣さを忘れて笑ってしまう。

「周平に、聞いたの？」

「当たり前だろ」

「人の過去を漁《あさ》らないでくれる？　余計なお世話なんだから」

「……素直じゃねぇな。何を探るつもりで行ったんだ」

「昔の男が、本当に僕を好きだったのかどうか、知りたくなっただけ」

「おまえを嫌いな男なんかいねぇだろ」

「……優しくないね」

「いいこと言わなかった？」

「言わなかった。好きなら殴らないとか、好きなら大事にするとか……よくわからない。好きでも殴るし、好きだから殴るし」

「キスしてやろうか」

軽い口調で言われ、ユウキの頭に血がのぼった。

「だから、どうしてそうなるの！　僕を世話係と一緒くたにしないでよ！　寂しそうだからってキスされても嬉しくない！」

「好きだからするんだろ」

「佐和紀。人はね、好きじゃなくてもセックスするんだよ？　それにね、僕とあんたの間にあるのは愛じゃない。キスなんて、しないの」

「友情のキスって、あるだろ」

「……どこの少女マンガ読んだの？　頭、だいじょうぶ？」

「あの男の、どこが好きだったんだ」

大通りへ向かって歩き出した佐和紀は、またユウキの手を握った。自分の腕に摑まらせる仕草に、ユウキは眉根をひそめた。

何を考えているのかと思い、何も考えていないと気づく。ただ腕を組んだだけだ、そこに他意はない。

自分がしたいからするのだ。振りほどいてもよかったが、睨んであきらめる。そのまま腕を組んで歩くと、はずれないように脇をしめた佐和紀の袖に挟まれて指先が寒さを逃れた。

誰かに寄り添う。それだけで癒《いや》される気持ちもある。

「天真は、殴らなかった。それに……セックスが良かった」

佐和紀の視線がちらっとユウキを見る。怒っているように見えるのは、真実の裏にある哀《かな》しみを知っているからだ。

周平が天真に対して怒った本当の理由。それも聞いたのだろう。

今夜のカクテルにも、おそらく入っていた。たった一杯でも、飲めば確実にキマる。能見のことなんてどうでもよくなってしまうと、ユウキにもわかっていた。

周平に口止めされたのだろう佐和紀は、そこには触れず、静かに口を開いた。

「周平よりも？」

不満げな問いかけに、ユウキは苦笑いでうなずく。

「……よりも」

「能見よりも？」

振り向いた佐和紀は、答えは出ていると言いたげににやりと笑っていた。

「あんな男と寝て確かめるまでもないだろ、ユウキ。好きな男と時間をかければ、一番気持ちいいに決まってんだから」

正論をぴしゃりと決められて、ユウキは仕方なく腕にしがみつく。その通りだ。

不幸はいつでもユウキを誘う。いつ消えるともわからない幸福よりも、重く確かな存在だと嘘をつく。

セックスのたび、天真はドラッグを使っていた。

肌をざわめかせて湧き起こる多幸感を、ユウキは恋心の深さだと信じ、天真を一切疑わなかった。だから周平は、快感と恋愛の関係を正さず、たったいまも真実を黙ったままだ。

それが周平のあくどいところだと知っている。そういうシビアさも含めて好きだった。

頬を寄せて甘えるように、佐和紀のスカジャンへともたれかかる。

他人が自分に優しいのは、救われないほど不幸だからだと、そう思う癖はいつになったら消えるのか。未来が欲しくて能見と一緒になったのに、気づけばいつも過去に背中を追われている。

ぼんやりと浮かんだ疑問を口に出さず、袖を強く摑む。ふらつく足取りを支える佐和紀は、ただ口笛を吹いて歩くだけだ。

ユウキの知らない、古いメロディが冷たい風に冴える。

背中に突き刺さる石垣の視線は無視した。この瞬間だけは、単細胞な佐和紀の正しさに寄り添っていたかった。

4

ホテルの部屋で問い詰める能見に対して、楓果はなかなか口を割らなかった。なだめたり恫喝《どうかつ》したりを繰り返して、いつのまにか日付が変わる。

田淵から盗んだ薬物について話し出したのは、お互いがすっかり疲労した頃だった。手元にはなく、横浜に隠してきたと言う。

淡々とした話し方は、尚貴と肩を寄せ合って泣いていたのが嘘《うそ》のようにスレていた。長いまつ毛の目つきまでもが荒《すさ》み、ヤクザの愛人になる素質は疑いようもない。

殺すのかと問われ、答えに詰まったまま部屋を出た。

田淵には始末しろと言われたが、そんなことができるはずもない。用心棒をしていても本職は格闘家だ。

ましてや、かよわい女を殴ることには罪悪感しかない。

ビンタをするぐらいがせいぜいだ。

薬物がここにないなら都合がいい。朝を待って田淵に交渉しようと決め、同行させた二人の門下生をそれぞれ見張りとしてつけた。

仮眠を取ってから田淵へ連絡を入れる。留守番電話に折り返しを頼み、ユウキの待つ宿へ戻った。

一足先に帰ることになったと、顔を見て伝えるためだ。

それに、貝原組で天真から言われたことが胸に重くのしかかっている。少しでもいいからユウキに会いたかった。かわいい顔を見て癒《いや》されたい。

宿にしている民家へ行くと、石垣は起きていたが、佐和紀とユウキはまだ眠っていた。昨日は三人で飲み歩いたらしい。

角の部屋に入り、布団に潜り込んで眠っている『嫁』の顔を覗《のぞ》き込む。寝顔は健やかにあどけなく、いやらしいことをして起こしたい衝動に駆られる。ムラムラするのを持て余し、ノンキな気分でくちびるをつついていると、田淵からのコールで携帯電話が震えた。

慌てて縁側へ出る。雨戸はすでにはずされ、朝の爽《さわ》やかな光が庭の隅に残る雪の塊へ降り注ぐのが見えた。

『本当だろうな』

能見の報告を聞き、田淵はドスの利いた声で不機嫌に言う。

「殴って聞き出してもいいですけど、加減ができないんですよ。俺は痛めつける専門なんで。一発で殺したら、取り返しつかないじゃないですか」

『おまえ、そんなこと言って、俺をハメようとしてんだろ』

「まさか……」

『てめぇの女もそっちにいるじゃねぇか』

「そっちこそ、約束が違いませんか。俺の身内には手を出さないでくださいよ」

ユウキを先に押さえるつもりだったのだと、いまさら背筋が寒くなる。田淵は聞き取れないほどの大声で怒鳴り、

『こうなりゃ、てめぇも道連れだ』

そう喚《わめ》いた。能見が新潟入りしてから、雲行きが変わる何かがあったのだろう。田淵はひどく苛立《いらだ》ち、携帯電話の向こうで女の悲鳴があがる。憂さ晴らしに蹴《け》るか殴るかしたのだ。

「何言って……」

『おまえを共犯にするぐらい造作ねぇよ』

「ちょっ……。田淵さん。何があったんスか」

『いいか、てめぇはブツを探せ。女が死のうが生きようが、いまさらだ』

「いまさら、って……。田淵さん！　田淵さんっ！」

通話が一方的に終わる。慌ててかけ直したが、呼び出し音が響くだけだった。

「マジかよ……。密売の共犯って……」

膝《ひざ》の力が抜け、その場に座り込む。動悸《どうき》が激しくなり、こめかみの奥がキリキリと痛ん

だ。髪を掻《か》きむしろうと頭を抱えた瞬間、電話が鳴る。相手は見張りを頼んだ門下生だ。

電話に出た能見は、言葉を失くした。取り乱した声での報告に怒鳴ることもできず、呻《うめ》いてうずくまる。

すぐに身を起こしたが、なかなか膝に力が入らなかった。

「わかった。おまえはついててやれ」

楓果についていた門下生が卒倒して、救急搬送される騒ぎになったらしい。その混乱に紛れて、楓果と尚貴は姿を消した。

門下生の失態だが、仲間が死にかけるのを目撃し、かなりのパニックに陥っている。それでも、なんとか連絡してきた悲壮さに押され、責めることもできなかった。

門下生といっても、安い授業料を握ってやってくるチンピラだ。能見の道場で暇を潰《つぶ》している程度の若者だから、言われた以上のことはできない。それは、指示を与える立場にある能見にも言えることだった。

「どーすんだよ」

そうとしか言いようがない。とりあえず落ち着こうと、縁側に腰を下ろす。煙草《たばこ》を口にくわえたが、ライターの火がなかなかつけられずに苛立つ。

また電話が鳴り、煙草をくちびるからもぎ取って庭に投げ捨てた。今度の相手は飯塚だ。

『女は見つかったかぁ』

のんきな声で言われ、神経を逆撫《さかな》でされた能見はこめかみを引きつらせる。でも、声だけは平静を装った。

「さっき、田淵さんと電話してたんですけど……」

『キレてた？』

「何かあったんですか」

『揺さぶりかけられたらしいよ。前に言っただろ。疑いをかけられてるって。……おまえさ、何か頼まれてない？』

飯塚の態度も、能見にとっては『揺さぶり』だ。正直には答えられない。

沈黙を肯定と取ったのか、飯塚は電話の向こうで嫌味たっぷりにため息をついた。

『朝っぱらから電話してやってるのに冷たすぎるだろ。いいけど、ムカつく。人並みに警戒心なんか持ちやがって。結婚するとな、だいたい守りに入るんだよな……』

「飯塚さん。用件お願いできますか」

肝心の尚貴と楓果を取り逃がしているのだ。ゆっくりはしていられない。

『へーへー。そっちに、御新造《ごしんぞう》さんも行ってるってホントか？　相談したんだな』

「いや、それは誤解です」

『バカだろ！　さっさとしろよ。てっきり、したもんだと思ってた。……田淵に何を言われたのか知らないけど、無茶なことはするなよ』

「無茶しなきゃ、守れないものもあるんですよ」

声にトゲが出る。電話の向こうの飯塚に笑い飛ばされた。

『肩肘《かたひじ》張ってると、もっと酷《ひど》い目見るぞ』

「ご心配、どうも。どうせなら、一緒に来て欲しかったですよ！」

『そう言えばよかっただろ』

あっさりと言われ、

「いまさら！」

怒鳴り返した。

『こっちこそ、いまさらだ。のーみー、おまえ、失敗したな？』

「してません！」

ぶちっと電話を切る。

飯塚も食えない男だ。気持ちを掻き乱されるばかりでなんの足しにもならない。

「くっそ！　あの女、本当に殴るぞ」

「……楓果のこと？」

背中から、ユウキの声が聞こえる。雪見障子をわずかに開けた隙間《すきま》から、眠たそうな顔で覗いていた。

「どうしたの？」

「見張りを頼んだ生徒の一人が病院送りにされた。何か飲まされたらしい」

ユウキの声を聞くと、気持ちが楽になる。能見は落ち着きを取り戻し、煙草に火をつけた。

「尚貴も一緒に逃げたんだね。……天真に連絡を入れてみる」

「寝起きに悪いな」

「気にしないでいいよ。だいじょうぶ？」

部屋から出てきたユウキの腕が肩に回る。横から抱きつかれる格好になり、腰を引き寄せた。煙草を顔から離し、パジャマの胸元へ額を押しつける。

「病院に運ばれた子は？」

「死にはしないだろう。胃の中を洗ったって話だ」

「……楓果はどうして逃げたんだろうね。あんなお坊ちゃん、彼女にとったら足手まといだ。自分はヤクザに追われてるのに、まだ手切れ金を狙《ねら》ってるの？」

横浜に置いてきたブツを取りに行くつもりだろうとは言えない。ましてや、能見に暴力を振るわれるのがこわくて逃げたなんて、打ち明けられない話だ。

「……義孝っ」

パジャマの上から探った手をパチンと叩《たた》かれる。

「そんなことしてる場合、じゃ、なっ……」

押しのけられる前に布地の上から吸いついた。朝の冷気のせいか、そこはほんの少しだけ尖《とが》っていた。ささやかなのがいやらしくて、能見はさっさとボタンをはずし、布地の内側に指を入れた。

「んっ……ぁ……」

煙草を庭に落とし、腰をしっかりと抱き寄せる。ずらしたパジャマの端に覗いた乳首を舐《な》め、乱暴に吸いつく。

「あっ、……や、だっ……」

肩をバシバシ殴られても、離すつもりはない。いっそう強く吸って、舌でころころと舐め転がす。

「はっ……ぁ」

肩を押しのけきれず、ユウキの指が震えながら能見の耳を摑《つか》んだ。

「あっ。あっ……っ」

腰がぶるっと震え、能見の舌の動きに合わせて、声が刻まれる。快感が滲《にじ》み、ユウキは身を屈《かが》めた。能見の頭部を抱えるようにして、されるがままになる。

濡《ぬ》れた乳首を指で捉《とら》え、もう片方にも食らいついた。乳輪ごと甘《あま》嚙《が》みすると、ユウキの手が能見の肩から背中へと滑り落ちる。

面倒なことは何もかも忘れて、このまま布団の中へシケこみたくなった。ユウキの手もそれを求めているように思う。

顔を上げると、どちらからともなくくちびるが重なり、ユウキが膝へと崩れ落ちる。横向きに抱き寄せて、縁側へ押し倒した。

「……義孝」

パジャマのズボンの中へ手を入れる。なめらかで卑猥《ひわい》な無毛地帯を撫で回し、能見は自分のものにも触らせようと、ユウキの手を摑んだ。

でも、そこで止まる。

「あの二人は、本気で愛し合ってると思うか」

問いかけると、ユウキは苦しげに顔を歪《ゆが》めた。

「人の気持ちなんてね、他人には計れないよ」

能見が求めれば、ユウキはこのまま、布団へ戻ることもあきらめて身体《からだ》を開く。寒さも背中の痛みにも目をつぶる。

それに気づいて、ズボンの中から手を引いた。

「続きは、落ち着いてからだな……」

ユウキの手が名残惜しげに能見の首へ回る。背中を支えて抱き起こした。

「してもいいのに」

からかうような笑顔の裏側に寂しさが見える。

「いっぱい抱いてやるから、待ってろ」

強がったのは、能見の方だ。ときどき本気で天使だと思ってしまうぐらいにかわいい頬《ほお》へキスをして離れ、電話を取り出す。

ユウキも静かに立ち上がり、天真へ連絡を入れるために部屋へ戻っていった。


能見が連絡を入れたのは、昨日会ったばかりの貝原組若頭・吉木だ。もらった名刺に書かれている番号に電話をかけて事情を話すと、それなら事務所まで来るようにと誘《さそ》われた。天真と連絡がつかないユウキには、これ以上はいいからと念を押し、折り返しがあっても出なくていいと言い添える。

宣戦布告をしてきた天真のまっすぐなまなざしを思い出し、苦々しさが胸にいっぱいに広がった。できれば連れ歩きたいほどだったが、それもできない。

あんまりしつこく言えば昔の関係にこだわっていると思われそうで、能見は後ろ髪を引かれながら宿を出た。

まだ冬の気配が残る北の町は、海からの風にさらされて冷える。曇り空も拍車をかけていた。

貝原組へ出向くと、応接室に通され、吉木もすぐに現れた。若い男がコーヒーをテーブルに並べ、よく仕込まれた礼儀の正しい一礼をして出ていく。

「あの二人は、延岡興業へ逃げた。申し訳ないが、見張りをつけていたんだ。こういうこともあるだろうと思ってな」

ソファにもたれた吉木は目頭を片手で揉《も》む。

「うちと延岡興業は、まぁ、商売敵《しょうばいがたき》でね。向こうはカタギぶってるが、中身は変わらない。あの二人を誘い込んだ理由は、男の実家からの金だろう……」

昨夜はろくに眠っていないのかもしれない。顔全体が脂ぎっているように見え、わずかに疲労が滲んでいた。

「でも本当にそれだけが理由か？　……あんたはわかってるんだろう」

ふいに見据えられ、能見は姿勢を正して身構えた。鋭い目をした吉木が肩を揺らす。くつくつと笑い、膝を打った。

「能見さん。あんた、リングに上がってただろう。名前を聞いたときはわからなかったが、名刺の文字面を見たら顔と名前が一致した。興行ポスターでよく見たからな。さすがに現役時代よりは太ったな」

「年を取ったんです」

「バカ言うなよ。まだ若い。本当なら華々しい引退試合で幕引きできたのに。もったいねぇよな。野球賭博《とばく》だったたか」

能見は答えなかった。楽しく話せるような内容じゃない。

「抜けられるなら、早いうちにケジメつけた方がいいぞ。ヤクザとかかわって金回りがいいのは、初めのうちだけだ。……昨日今日の付き合いで言われても困るか」

「せっかくですけど。そうできるなら、人探しに使われたりはしないと思うんですよ」

「まぁ、そうだな」

「とりあえずは、目先の仕事を終わらせたいんです。あの二人がどこにいるかも摑んでるんですか」

まわりくどいやり方は得意じゃない。はっきり尋ねると、吉木は陽気な笑顔を見せた。

「ひとつ、確認させてくれ。この話、クスリが絡んでねぇか」

目だけ笑っていない吉木を、能見は睨《にら》むでもなく見つめ返した。自分の過去を知っている相手を無条件に信じてしまう。それが自分の弱さだと自覚する。

「そんな話があるんですか」

とぼけて返すと、吉木は身を乗り出した。

「近頃、あやしいのが出回ってるって噂《うわさ》だ。こういうことは、うちが真っ先に怪しまれる。わかるだろう」

警察が一番先に捜査の手を伸ばすのは、ヤクザだ。

犯人がカタギだとしても、警察が動いていることを知らしめれば犯罪の抑止力になる。

本気で犯人を挙げる気がないならなおさら、適当な構成員をとりあえず逮捕して、真犯人が商売から手を引くのを待ち、証拠不十分で解放という手も使われるぐらいだ。

「延岡興業の組長は、危ない橋を渡らない人だ。とはいえ、どうにもキナ臭い」

「疑ってるんですか」

「……会社になってるってことはな。下にとっては完全給与制のつらさがある。一枚嚙みそうな構成員のアタリはつけてあるけど……」

「それを俺に教える気はないってことですね」

「信用できるかどうか、担保が欲しいだろ。俺も、若頭としてこの組を背負ってる。親父《おやじ》の顔に泥は塗れねぇしよ。若い衆を食わしてやらなきゃならない。それでも、俺は『能見義孝』のファンだった」

ふらりと立ち上がった吉木は、木彫りの熊が乗った棚の上から、一枚の紙と太いマジックを持ってきた。

「サイン、くれよ」

目の前に置かれたのは、現役の頃の写真だった。試合直後、汗だくになってリングに立っている姿だ。眩《まぶ》しいライトが当たり、汗が光を反射している。

獲物をしとめたばかりの若い目つきは爛々《らんらん》と輝き、屈託のない幸福感の中で燃えている。

「悪い冗談……」

見つめた能見の片眉《かたまゆ》がピクピクと痙攣《けいれん》した。

「これ、おまえを特集した雑誌の特典だぞ。応募して買ったヤツ」

マジックを差し出され、能見は身を引く。

「忘れた。サインなんて」

「署名でいいけど」

「……吉木さん。俺、遊びに来たんじゃないんですよ」

「いまはしがないヤクザの端くれで、昔の栄光は眩しすぎて直視もできないか？　このまだと、いいように使われて、ボロ雑巾《ぞうきん》みたいに捨てられるわな。まぁ、それは道理だ。……俺は、おまえの引退の理由が、クスリじゃなくてよかったと思ったクチだったけどな。踏ん張れば、戻ってこられただろ」

「……何も知らないから、言えるんだ」

「知ってるよ。リングの上にいたおまえは強かった」

吉木がマジックをテーブルへ投げ置いた。

「天真、な。……あの二人を俺に預けた稲尾天真だ。あいつが来てからだ。繁華街でクスリが出回ったのは。新潟市内のツレが言うには、あっちではその前から、もっと派手に回ってたって話だ。流してたんだろう。俺は、天真と楓果が怪しいと思ってる」

「楓果は、尚貴と……」

「あの坊ちゃんを騙《だま》すぐらい、子供でもできる。尚貴は、貯金が一千万あって、三百万は天真に渡したって言ってたよ。そういうことをペラペラ話すんだ。どうかと思うよ、正直。……残りを狙わないわけがないだろ」

「その上で、楓果に手切れ金を要求させるってことですか」

「うちをそそのかして、実家から『身代金』もプラスして引っ張らせたかったんだろう。あいつは人のいい笑顔をしてるだろ？　自分の要求はほとんど口に出さない。相手から言い出すように仕向けるんだよ。詐欺師のやり口だなぁ」

吉木は誘いに気づかないふりをしたのだろう。

だから、天真はあきらめ、ターゲットを変えた。貝原組から、延岡興業に、だ。

「能見さん。さっきも言ったように、うちとしては厄介事にはかかわりたくない。必要があれば、看板背負《しょ》ってムショ入りする若いやつらもいるよ。でも、いまじゃないだろ」

「……俺に、まとめて始末つけろって、言ってるんですか」

「想像以上に単細胞だな」

吉木に笑い飛ばされ、能見は不機嫌を露《あら》わにする。それをさらに笑い、吉木は続けた。

「天真は『終《しま》い』に入ってる。わかるか？　ぜんぶ片付けて消えるつもりだ」

能見を見据えた吉木の眉根がふっとほどけ、

「殺す殺さないじゃねぇぞ」

にやりと笑った。

「俺には見えない何かが抜けてる気がする。あんたらが来て、天真は急に態度を変えた」

能見の脳裏にユウキの顔が浮かんだ。

天真の澄んだ瞳と、大上段から振り下ろされる善人の正論。

繫《つな》がりかけた糸は、吉木の声に遮断される。

「天真にそそのかされたとしても、延岡興業がすぐに動くのは無理だろう。金を引っ張るのにも準備がいる。天真の目的を、あんたならわかるだろうと踏んだけどな」

あからさまにがっかりした目を向けられ、能見は戸惑った。

「わかるわけないだろ！　俺だって、会ったばっかりで……」

ふと、気にかかる。言葉が途切れた。

能見に食ってかかった天真は、本気でヤクザを否定していた。だけど、あの男は表裏のなさそうな雰囲気とは裏腹に、ヤクザの陰に隠れて悪事を働く小悪党だ。

いつでも『普通の人間』に戻れるという気安さが強みだろう。金をかき集め、姿を消すつもりでいる。

嫌な予感しかなかった。でも、その理由を摑めるほど、頭の回転は速くない。

ただ、ユウキが心配でならない。佐和紀と一緒なら、守ってくれる。それは確かだ。

でもそれは、ユウキが守られたい場合の話だろう。万が一、一人で行動していたら……、能見に良かれと思い、楓果と尚貴を取り戻そうと、単独で天真と会っていたら。

喉《のど》がぐっと詰まり、胃の底がせり上がる。

ユウキは自分が傷つくことを恐れない。だけど、いつだって確実に傷つく。

胃液の苦さを感じながら、能見は目の前のペンを摑んだ。

いまとなっては他人の過去にしか見えない写真の隅に、昔のままのサインを描く。

「日付は引退前にしてくれ」

吉木に言われ、警察に連れていかれる直前の年月日を入れた。

「吉木さん。急用を思い出したんで帰ります。後でもう一度連絡入れますから、天真たちの行方を調べておいてください」

「え？　は？」

驚いた吉木を残し、能見はすくりと立ち上がった。

組の仕事も、樺山の依頼も、いまはどうでもいい。

大事なのはユウキだ。つらい過去を抱え、ようやく前を見ている、足元の危うい『嫁』のことだけが心に募る。

強がっているけど、弱い。

忘れたふりをしていても。囚《とら》われている。

欲しいものを欲しいと言わないのは、欲しいものを知らないからだと、いつの頃からか、能見は気がついていた。だから、余計に優しく扱いたくなったのだ。

ユウキは不幸の裏に幸せがあると思っている。だけどそれは違う。少なくとも、能見の愛情はそうなっていない。

いまの幸せがひっくり返っても、コインの裏は絵柄の違う幸せだ。それを信じきれないユウキの真新しい心に傷ひとつつけたくなくて、優しく抱いて、優しく話しかけて、優しい男だと思われたかった。

「能見！」

部屋を出ようとした背中に、切羽詰まった吉木の声が刺さる。

ドアを開けた姿勢で振り向いた。腕を摑まれ、相手を見つめる。

「あんたがな、どんな形で辞めたかなんて、どうでもいい。現役のときの能見義孝は、本当に強かった。あの写真のおまえと、いまのおまえは同じなんだ。あのときみたいに、あきらめないでくれ」

吉木の言葉は、一ファンの世迷言だ。

すでに裏社会の片隅に足を突っ込んだ能見には、遅すぎる言葉でもある。かつてのファイターが、ヤクザ社会でも無頼でいるなんて、そんなことはフィクションの中でだけ許される話だ。

そう、ずっと思ってきた。

「あきらめていいものと、悪いものの違いぐらい、わかる年齢になってますよ。……バカなりに」

ドアから飛び出ると、

「よし！　ぜんぶ揃《そろ》えて、待っててやる！」

吉木の叫ぶ声が背中に聞こえた。

能見は携帯電話を取り出しながら、階段を駆け下りて車へ急ぐ。

ユウキが幸せそうに笑うから。それだけでいいような気がしていた。待っていれば、望みを打ち明けてくれる日が来ると思っていた。

それは間違いだ。

待っているだけじゃ、ユウキは少しずつ遠のいていく。

優しくするだけで欲しいものを教えてくれたのは、能見がいままで付き合ってきた女たちの話だ。彼女たちが欲深かったわけじゃない。そうじゃなく、女には未来への欲求があった。それだけのことだ。

能見の強引な求めに応じたユウキは、すべてを捨てて、すべてを忘れて、ただ優しくされるためだけにまっさらになった。だから、何も選べない。

それはおそらく、何もかもを失った能見の目の前が真っ暗になり、飯塚の声しか聞こえなかったことと同じだ。その先も闇《やみ》だと知らずに踏み出した。

その真逆にユウキはいる。

ブラックアウトとホワイトアウト。どちらにハマっても、抜け出そうとする人間は、これまでと同じように動くしかない。

能見が前にしか行けず、けっして引き戻せなかったように。

ユウキは後ろにしか戻れない。だから、そこに天真がいたら。

頭の悪い自分といるよりは、もしかしたら幸せかもしれないと思う。それが何より嫌だった。

二人の未来をあきらめたくない。

たとえユウキに嫌われる日が来ても、泥臭く追いかけていきたいのだ。結婚したいと思ったとき、冗談でも酔狂でもなく、一生そばにいて欲しいと願った。

だから、天真には近づかないで欲しい。能見にはない器用さを持った男に頼られるのも嫌だ。そんなことで解決しても嬉《うれ》しくない。かつての恋の中にある想いに、一瞬でも揺れないで欲しくて、激しい嫉妬《しっと》に心がきしむ。視界が濁る。

くちびるで触れた小さな乳首の感触が、泣けるほどにせつなかった。

リングを下りても生きていける。あのとき、能見はそう信じた。でも、いまはユウキがいなければもう生きられない。

眉根を開いて、まぶたを上げる。

こんな世界でたった一人でいるなんて、出会った後では考えられない。天真との恋がユウキの過去の中に灯《とも》る小さな光だったとしても、器用な男と生きる方がユウキの幸福だったとしても、そんなことは認められない。

ユウキに贈るためのエンゲージリングを選んだときの気持ちを思い出し、能見はしっかりと前を見据えた。

車へ乗り込み、エンジンをかけた。

＊＊＊

真っ黒になっている携帯電話の画面を眺めるユウキの隣に、スカジャン姿の佐和紀が座った。

ユウキもミリタリー風コートに袖を通している。

「どうせ、あのガキだろ。おまえにコナかけてた」

縁側に置いた携帯電話を挟んで向かい合う。楓果たちが逃げたのはなぜかという話だ。

「天真の方が年上だよ。佐和紀より」

「知るかっつーの」

口の悪い佐和紀は、片膝を引き寄せる。肘をつき、髪を掻き上げた。

「別に何もされてないし……。だいたい、あんたが怒ることじゃないでしょ」

「本当は何のために行ったんだよ、昨日」

「昔話だよ。そう説明したよね？　それとも、本気で天秤《てんびん》にかけたと思ってんの？」

睨みつけると、佐和紀は前髪をくしゃくしゃにして、大きく息を吐き出した。イライラした仕草で整え直す。

「あーっ、もっ！」

叫んだかと思うと、ユウキの肩を強い力で摑んだ。

「あいつだろ。糸引いてんのは」

「どうして、そう思うの」

能見には連絡がつかなかったと報告したが、本当は電話で話したのだ。天真の声は変わらず穏やかで、悪事を企《たくら》んでいるようには思えなかった。

でも、本当の顔はもう知っている。

楓果が薬を盛って逃げたと聞いて、ユウキはすぐに天真を思い浮かべた。

「ねぇ、佐和紀。周平にはどこまで話した？　何か言ってなかった？」

手を摑んで、肩からはずす。そのまま、両手でぎゅっと握りしめた。

「おまえから目を離すなって言われただけ」

「ふぅん……そぅ……」

「どうして、コート着てんの。部屋、入ってればいいだろ」

「義孝が戻ってくるかもしれないでしょ。ねぇ、何を怒ってるの」

指を摑むと、佐和紀のくちびるが尖る。不満げな視線がそれていく。

手もするりと逃げ、ポケットから煙草を取り出す。ケースに入っている短い煙草を口に挟み、安っぽいライターで火をつける。華奢《きゃしゃ》な印象の眼鏡《めがね》が醸し出すアンバランスさも含めて、場末のチンピラだ。

「ユウキ……。おまえこそ、どこまで知ってんの」

ふぅっと吹き出された煙が空気中に広がる。煙草の匂《にお》いがあたりを包んだ。

「佐和紀と一緒だよ」

「そんなわけないだろ。俺が周平と話すみたいに、おまえと能見だって話をしてるはずだ」

「自分のところと一緒にしないで」

視線を伏せて、両足を縁側の角に上げる。膝を抱え、あごを預けた。

能見は仕事の話をほどんどしない。愚痴を言ったり、不安を口にしたりすることを、男らしくないと思っているからだ。

その能見の一人言が胸に重くのしかかる。『密売の共犯』。そう聞こえた。

点と点が線で繫がり、浮かび上がる絵は能見の窮地だ。楓果が横浜で起こしたヤクザの薬物中毒に能見がかかわっているとしたら大変なことになる。

「ユウキ。それならさ。これは能見の仕事だ。俺たちはもう帰ろう」

佐和紀から突然に言われ、ユウキは驚いた。

「ここに来るまでは、単純な話だと思ってた。でも、違う。あの天真って男が、おまえにかかわるのはよくないことだ」

「周平が言ったの？」

「そうだよ」

佐和紀はあっけないほどあっさりと肯定した。嘘をつくときは尻尾《しっぽ》の先だって見せないくせに、必要ないと思えば、小細工なしに手の内をさらけ出す。

「僕が本気で揺れると思ってる？」

睨みつけると、佐和紀は静かに深くうなずいた。

「思ってる。堺のときの二の舞は嫌だ」

「……そんなこと」

「おまえはさ、自分の身体を安く考えすぎてる」

「説教しないで」

「するに決まってんだろ、バカ。あの顔は、女を殴る顔だ。俺にはわかる。能見とは根っこのとこが違うよ。……優しそうだからってなんだ。本性は見えてるだろ」

冷たく言い放った佐和紀が、距離を詰めてくる。

「何が心配だ。言ってみろ」

能見にも言わないことを、どうして佐和紀に言わなくてはいけないのかと思う。意固地な反発心をあからさまにして睨むと、佐和紀の手にあごを摑まれた。

「かわいい顔。……前よりも、大人っぽくなった」

「うるさい」

顔を振って逃げようとしたが、捕まえられて引き戻される。

「これは能見の問題だろ。どうさばくのか、あいつの周りの人間が見てる」

「……そうだよ。みんなニヤニヤして、失敗するか、傷つくか。それとも、案外うまくやるのかって、高見の見物だよ。……ヤクザなんて、最低」

あてつけるように言ったのは、佐和紀もその一人だからだ。

能見とは関係のない小さな組だが、組長から盃を受けている。正規の構成員だ。

ヤクザ社会は不思議なところで、構成員になれば上納金の苦労はあるが、いざとなれば家族として守ってもらえる。

だからこそむやみやたらに盃をかわさないし、ほとんどは準構成員という扱いの協力者に過ぎない。それは正規の構成員と違い、すげ替えのきく駒《こま》だ。

しばらく睨み合っているうちに、佐和紀の方が根負けして視線を伏せた。でも、心が折れたのは、ユウキの方だった。

「たぶん、僕のことで脅されてる」

不安が募り、声が震えた。

天真からもそう言われたのだ。楓果が横浜でしてきたことも知っている口ぶりで、二人に男女の関係があると悟った。

「それに……もしかしたら、クスリの密売に、巻き込まれてる……かもしれない」

口にするだけで、身体が震える。

「前からってこと？」

「周平から聞いてるんでしょ！　そうやって、知らないふりしないでよ！」

「知らない。本当に知らない。俺だって、真ん中の話なんて聞かない」

大滝組上層部の動きという意味だ。

佐和紀に睨まれ、ユウキは頬を膨らませながらそっぽを向く。

「あいつ、何考えてんだ」

佐和紀がぼそりと言った。責めるように聞こえ、ユウキは声を荒らげた。不安が一気に爆発する。

「僕に言わないでよ！　知るわけない！　何も言わないんだから。優しいばっかりで、自分のつらいことなんて、何も言わない。だから、いつも心配で……。いつか、利用されて、いいようにされて……。そんなこと心配したって、伝わらない！」

「バカだな。俺に言えよ」

呆れたように言われ、佐和紀の肩を思いっきり突き飛ばす。

そのまま縁側の外へ飛び下りた。靴下が汚れるのも構わない。

「バカ、バカ、言わないで！　あんたの方が、よっぽど頭悪いくせに！　偉そうに！」

「うっせぇよ。それでも、おまえらよりは、右のものを左に動かせる」

「周平の力でしょ！」

「それが悪いか！　俺が言って動くなら、俺のものだ。他の誰《だれ》に頼むより、確実なんだよ」

旦那《だんな》の力をかさに着るという考え以前に、周平さえも飛び道具の一種だと思っている佐和紀が胸をそらす。

でも、真実だ。周平は政治力も圧倒的で、その上、絶対に佐和紀を裏切らない。

「あんたを信じろって、僕に言うの？」

「言わなきゃ信じられないか？　そんなことないだろ。俺とおまえの仲だ」

そう言われるほどの仲じゃないと、ユウキは首を振った。

貞操を助けたり、間違いを起こさないように諭してきたのは、すべて周平のためだ。

「佐和紀の、ためじゃ……、ないもん……」

うっかり子供じみた言い方になり、ユウキはくちびるを噛んだ。うっすらとした友情を感じているなんて、口にしたくもないし、悟られたくもない。

だけど、信じろと言わなくても信じてるだろうと指摘され、心の奥底が震えてしまう。まともな恋をしたことがない上に、損得のない友情も経験がない。人間としては最底辺の生き方だと、いまさら気づいたが、悲しくはなかった。そんなことで冷える心じゃない。

でも、ずいぶん前から、佐和紀は特別だ。天真に会いに行くときだって、連れ戻しにきてくれると信じていた。

それは能見に対する信頼とは違い、身勝手で打算的だ。こうしてヒステリーをぶつけても平気でいられる。

「おまえと能見の面倒は、周平に見させる」

佐和紀があごをそらして言った。

「だから、結婚式の仲人をやったんだ。樺山さんからの条件だって、それだった。俺と周平が目をかけるならって、結婚を許してくれたんだ。能見はさ、絶対迷惑かけないって周平に頭下げたよ。……だから、自分だけで背負わないといけないって思ってんだろ。そういうことじゃねぇよな。なのにさ、周平までおとなしく見てろとか言うんだ」

「……佐和紀」

「はいはい。なんですか」

「もしも義孝が密売にかかわってたら……どうしたらいい……」

「決まってんだろ」

きれいな顔をしたヤクザは、指先を上向きにしてユウキを招き寄せる。女よりも涼しげな目元に、性悪な笑みを浮かべた。

「俺の旦那が、全力でかばう」

「そんなこと、してくれるわけない」

ユウキの目から涙がこぼれる。周平の冷徹さは知っている。

邪魔なものを切り捨てるときの残酷さは、おぞけ立つほどに鋭利だ。

「あんたは、周平を知らない……」

「知ってるよぉー」

佐和紀がふざけた口調で答える。

「俺の頼みを聞くのが楽しみの男だ。それしか娯楽がないんだよ。あいつは」

「ひどい……」

かつて好きだった男を軽く扱われ、胸の奥がざらっと苛立つ。

佐和紀はそれさえも見透かした顔で笑う。

「礼なら俺がするから心配いらない。こっちも楽しい『夜の営み』だ。ユウキに返さなきゃならない貸しもいくつかあるしな」

「楽しいんだ……、営み」

「おまえもだろ？　やらしいことしてんの、知ってんだぞ」

「……見たの？」

「見えたの」

ユウキの口調を真似《まね》した佐和紀がニヤニヤ笑う。

「大滝組はクスリでのシノギはご法度だ。能見もそれを知ってるはずだから、前からかかわってたなんてことはない。楓果がブツを持ち逃げした可能性があるって話が、有力かな」

「誰が言ったの？　周平？」

「シンだ。楓果は天真とデキてるから……」

「え？」

「できてるって」

「誰が……」

「だから、シンだ」

何度も言わせるなと、佐和紀が眉をひそめる。旦那への相談とは別に、世話係を独断で働かせているのだろう。当たり前の顔をして言った。

「裏は取れてる。楓果が沢渡組の幹部にクスリを回して、その売り上げの一部を天真に渡してたんだ。一方で尚貴にも接近させて……、駆け落ちと持ち逃げが同時になったのは偶然だろうって話」

「もっと早く言ってよ」

「さっき、連絡が来た。誰が楓果に流してたのかってとこを、上も必死になって探してるって。目星はついてるらしいけど、答えは能見が知ってんじゃない？　たぶんな」

「……そっか。共犯にされるかもしれない、って、こと……」

パニックになった能見の声に心乱れて、早合点してしまったとようやく気づいた。

「安心したか？　ユウキ」

佐和紀の眉が柔らかく動く。

「おまえが心配することなんか、何もない」

そう言いながら、首を伸ばした。庭の向こうを見る仕草に、ユウキも視線の先を追う。遠くから近づくエンジン音に気づいたのだと、一台の車が庭先に入ってきてわかった。犬か猫のように耳がいい。

停まった白いワゴン車から、フィールドコートを来た男たちがぞろぞろ出てくる。五人ほどの人垣を掻き分け、司令塔ともいうべきリーダーが現れた。

革のブルゾンを着た体格のいい男は特徴のある一重で、肌が浅黒い。短い髪を後ろへと撫でつけていて、年齢は四十手前だろう。若くはないが、中年というほど老けてもいなかった。

「悪いんだけど、一緒に来てもらえるかなぁ」

顔つきは厳しいが、口調はゆるい。

「どっち？」

ユウキの腰を抱き寄せた佐和紀は、座ったままで堂々と言った。男は二人を見比べるようにした後で、ユウキを見る。

指定された特徴を思い出し、必要なのはユウキの方だと見極めたのだろう。それでも、視線はそろりと揺らぐ。

「二人ともでいい」

「ついていきたくないって言ったら？」

佐和紀の言葉に、男の眉が動く。後ろに控えた男たちもじりじりと近づいてきた。

「力ずくで連れていくしかないだろう」

「それは面倒だな」

軽い口調で答えた佐和紀が面倒に思っているのはケガをすることじゃない。これだけの人数を自分一人が撃退することについてだ。

判断を委《ゆだ》ねるような視線を向けられ、ユウキはあごを引く。

初めからそのつもりでコートを着ていた。思い通りにできなかった天真が自分をどうするか、予想はついている。逃げれば矛先は能見に向かうだろう。毒殺だってされかねない。

「ユウキ、俺が放っておかないってわかってただろ」

ささやかれて、素直にうなずいた。

「天真が……迎えを寄越す、って」

下手に一人で動き、外で拉致《らち》されたら、それはユウキと能見の問題で終わってしまう。でも、佐和紀を巻き込めば、誰かが動く。そのときには絶対に、能見とユウキも助けてもらえる。

本人も言ったように、佐和紀がそれを望むからだ。

「かわいくお願いされたかったけどな」

満足げな表情になった佐和紀は、部屋の中に向かって石垣を呼んだ。何度か叫ぶと、エプロン姿の金髪が現れる。

「いま、カレー作って……、あ?」

ぞろぞろと居並ぶ男たちを見るなり、眉をひそめた。でも、片手に鍋《なべ》のふたを持っていては格好がつかない。

「タモツ。俺とユウキは野暮用が入った。おまえ、留守番しててくれ」

「な、な、何言って……っ」

佐和紀の一言にふたを取り落とす。驚くのも無理はない。

「連絡係がいないと後が困るし、おまえは留学前の大事な身体だから……」

「いやいやいや」

慌てて否定しようとするも、佐和紀には無視される。かけ声をかけながら立ち上がった佐和紀は、

「靴は履かせてよ。寒いから」

ユウキの肩を抱き寄せながら、男たちに向かって言った。佐和紀に逆らえない石垣は苦々しくため息をつき、男たちを睨み据える。

「わかりましたよ……。でも、どこの誰か、それだけは名乗って連れていってくださいよ」

尋ねる声に、ふつふつとした怒りが吹き溜《だ》まっていた。


男は坂川《さかがわ》と名乗った。

もちろん、名前を聞いても、どこの誰なのかはわからない。一人で宿に残った石垣も同じだろう。

車に乗った佐和紀は物静かなふりを装い、十五分ほどかけて到着した資材置き場の倉庫でも抵抗はしなかった。ユウキを小脇《こわき》に抱えるようにしてふらふらと歩き、積み上がった

木箱に座りやすそうな段差を見つけて腰かける。

「坂川さんだっけ。所属は？　貝原組じゃないね」

男たちはてんでんバラバラにちらばり、坂川だけがパイプ椅子《いす》に腰かける。

天井の高い倉庫は棚が組み上げられ、こぢんまりとして狭い。建築用のパイプやカラーコーンが乱雑に置かれていた。

「あんたらが知って得するようなことじゃない」

坂川はにやにやと笑った。佐和紀を見る視線は、頭の先から足のてっぺんまで舐めるようだ。

佐和紀は平然とそれにさらされた。度胸があるのか、何も考えていないのか。

絶対に後者なのだが、意外と前者でもあるのが佐和紀だ。

眼鏡をかけ、派手なスカジャンを着ていても、不思議と男をそそるらしい。ユウキにはよくわからないが、ヤクザやチンピラは佐和紀の雰囲気に弱く、まるで誘蛾灯《ゆうがとう》に群がる蛾のように近づいてくる。

佐和紀の方にも自覚はあり、自分の雰囲気に弱い人間を見極める術《すべ》には長《た》けていた。いまもそうだ。何気なく見せる隙に気づいた坂川の顔がだらしなくにやけていく。

「それじゃあ、俺からはお得な情報を伝えておくよ」

スカジャンを片方の肩からずらした佐和紀は、立てた膝を引き寄せる。

「俺の名前は岩下佐和紀。大滝組って知ってる？　関東の大きなヤクザだ。そこの若頭補佐に岩下周平ってのがいる。それが俺の旦那だ」

「へー、あんたが噂の『男嫁』か。雑誌の記事、見たよ。写真がなかったから、どれほどのもんかと思ったけど……、なるほどねぇ」

舌なめずりするようないやらしい顔つきで近づいてきた坂川が、佐和紀の前で身を屈めた。かと思うと、ユウキの方へぐりっと顔を向ける。

「そっちもかわいい顔してんなぁ。携帯電話持ってきてるだろう。能見って男に電話しろ」

言われるままに従い、電話番号を画面に表示した。携帯電話がするっと取り上げられる。使い捨てにできる端末を持ってきていたから困ることはない。電源が入っているうちは位置情報も発信しているのだ。留守番の石垣も場所を特定した頃だろう。

「あー、もしもし。能見さんですか？」

慇懃無礼《いんぎんぶれい》な口調で坂川が話し出す。二人から離れていき、話の内容は聞こえなくなる。それと同時に、佐和紀の腕がユウキの肩に回り、ぐいっと抱き寄せられた。

「あいつは、延岡興業の社員だ」

振り向くと、佐和紀は可笑《おか》しそうに笑う。

根っからのトラブルメーカーだ。いざとなれば大暴れしようと、いつのまにか手ごろなパイプを手元に置いている。

「おまえ、能見ってヤツの『女』なんだろう」

電話を終えて戻ってきた坂川が、携帯電話を差し出しながら口元を歪めた。

「本当はそっちの美人が好みなんだけど。バックに怖い人ついてるんじゃ手も出せねぇし……。ちょっと相手してくれよ」

携帯電話を受け取った途端に腕を摑まれた。

「能見に金を要求したんだろう。もらえなくなるぞ」

坂川の手を払いのけた佐和紀に抱き寄せられる。両腕にしっかりと抱かれた。

「……坂川さん。あんた、楓果の行方を知ってるか」

佐和紀の言葉に、坂川のくちびるがかすかに震えた。

「あいつが盗んだブツの行方を追ってるんだろ？　天真はうまく回収できなくって焦ってる。そうだよな」

「何を知ってるんだ」

ユウキも坂川と同じ気持ちだ。身体に回った腕を摑み、佐和紀の答えを待つ。

「約束の場所にブツがなくて焦った天真は、楓果をおまえたちのもとへ走らせた」

「ブツはどこにある」

「俺が知るわけない。うちの旦那の組は、薬物でのシノギが大嫌いなんだ」

「じゃあ、どうしてそんなに詳しく知ってる！」

「……楓果と尚貴はどこにいる？」

「質問してるのは俺だ！　お、おまえらに、いやらしい拷問をしたっていいんだぞ」

「おっさん、興奮しすぎ」

佐和紀はせせら笑いを浮かべ、なぜだか、ユウキの首筋を指でなぞった。

「ちょっ……」

くすぐったさで身をよじると、バラけていた男たちの視線が集まる。

「佐和紀……やめ……」

「ほんと、すぐに気持ちよさそうになる」

「ふざけ……て……っ」

さらにコートの内側を探られ、ユウキはくちびるを噛んだ。

佐和紀は普段、こんな冗談を仕掛けてくる男じゃない。だから、この場の雰囲気を楽しんでいるとわかって腹が立った。

「拷問するより、かわいがった方がいいに決まってるだろ」

「い……やっ」

ユウキは仕方なく、これ見よがしに身をよじった。甘い声をあげると、男たちは生唾《なまつば》を飲むように押し黙る。

佐和紀はどこも触っていない。ただ、コートの内側で、冷えた手を温めているだけだ。それを上から押さえたユウキは、佐和紀の思惑に応《こた》えて演技をする。

時間稼ぎの余興だ。詳しいことはわからないが、佐和紀はすべてを理解している。周平か岡村の助言に従っているのだろう。

「聞いてるだけで、勃《た》ちそう……」

さっきとは違い、今度の佐和紀は本音をささやく。ユウキは心の中でだけ、当たり前だと悪態をついた。

利用したつもりが利用されている。そうわかっても、怒りは感じなかった。佐和紀なら悪いようにはしないと信じられるからだ。

「俺にも……」

坂川が伸ばした手は、佐和紀によってぴしゃりと叩き落とされる。

「ダメ。まだ早い」

その一言で引き下がったのは、すでにこの場所が佐和紀のコントロール下に収まっているからだ。大滝組若頭補佐のネームバリューと押し出しの強さが相まって、誰も佐和紀を止められない。

まだ、と言われた坂川は、自分と佐和紀が敵対関係にあることも忘れ、順番が回ってくるものだと信じ込む。

「なぁ、坂川さん。こいつ、かわいいだろ？　……天真は、楓果と一緒か」

「あ、あぁ。尚貴と引き離して、ずいぶんと痛めつけてた。見た目とは大違いだな。あの男は。もらうものをもらったら、さっさと追い出すつもりだ。……いいだろ。ちょっとぐらい、触っても」

「我慢しろよ……。気持ちよくさせてやったほうが、後で楽しめるから」

好き放題に言って、ユウキにだけ聞こえる声であざ笑う。いつのまにやら佐和紀は、周平とよく似たあくどさを身につけている。

人をからかっては冷めた笑いをこぼす周平のことを、心から好きだと思っていた季節はもう遠くかすんでいた。他人のものになったことさえ、いまはもう少しも悔しくない。

熱っぽく喘《あえ》ぐ演技を始めたユウキの肌は、やがて能見の指を思い出す。愛する男の愛撫《あいぶ》が甦《よみがえ》り、声は湿り気を帯びた。

＊＊＊

一軒家の庭先に車を停めた能見は、会話の終わったばかりの携帯電話を握りしめて飛び出す。

玄関の戸に手をかけると、古い開き戸はガラガラと大きな音を立てた。廊下の先から顔を見せた石垣は、整えた眉をこれでもかと吊《つ》り上げる。能見が初めて見る表情だ。

「おっせぇんだよ！　電話に出ろ！」

能見を急《せ》かそうとした石垣は、通話中で繋がらないことによほどヤキモキしたのだろう。出し抜けに怒鳴られ、能見の頭にも血がのぼった。

「出られなかったんだから、仕方ないだろ！」

ユウキと佐和紀が男たちに連れていかれたと石垣に聞かされ、天真と会っているよりも悪い事態だと能見は焦った。

そこへ電話がかかったのだ。

金を要求してきた男は、ユウキの臨時用の携帯電話を使っていた。

持って出る余裕があったなら、不意打ちの拉致ではない。でも安心はできなかった。天真が噛んでいるからだ。

「佐和紀さんは無事なんだろうな！　変なことに巻き込みやがって」

廊下を踏み抜きそうな勢いで近づいてきた石垣が胸倉へと手を伸ばしてくる。昔ながらの古い玄関は広く、三和土《たたき》にはひんやりとした冷気が沈んでいた。

あがりかまちにいる石垣に見下ろされ、殴ってやろうかと思いながら睨みつける。

「こっちだって、ユウキを連れていかれてるんだ」

能見の言葉に、石垣の眉が痙攣する。言葉にはしなかったが、重要さが違うと言いたげな不満顔で舌打ちされた。

経験数が一人の佐和紀と、無数のユウキ。そこで比べれば、ユウキの貞操は軽いかもしれない。それでも、どちらがより傷つくかは明白だ。

佐和紀よりももっとずっと、ユウキの心は繊細にできている。

数えきれないほどの男たちと寝てきたとしても、その行為が能見の想像を超える酷さだったとしても。

それはもう過去だ。能見を知らなかった頃のユウキだ。

「おまえのとこの奥さんは、何されたって屁《へ》でもねぇだろうが」

「あぁっ？　なんて言った！」

「俺のユウキをかばって足を開くようなタマじゃねぇって、言ってんだよ！　離せ！」

「離すか！」

「どうせ、ユウキが身体張ってかばうだろ！」

石垣の手首を摑んで関節を責める。痛みを感じた反射的な動きで頬に平手打ちが飛んでくる。

バシッと殴られた能見は、石垣の胸倉を摑んだ。叩き返して、三和土へ引っぱり下ろす。

額を突き合わせて睨み合った。

「かばわれた佐和紀さんが、どんな気持ちになるか……っ」

「そんなことまで面倒見れるか！　じゃあ、ユウキの代わりに、奥さんがヤられてみろよ！」

「するわけないだろ！」

石垣が飛び上がるように喚き、額がゴッッとぶつかる。

勢いがよすぎて呻きたいほどに痛かったが、どちらもやせ我慢をした。能見が睨むと、目元を赤くして耐えた石垣も唸《うな》り声をあげる。

「ヤクザの手先にしかなれない、筋肉バカが」

「てめぇだって、補佐にぶらさがってるだけの、金魚のフンだろ！　俺相手にケンカして、勝てると思ってんのか」

「ぶっ殺してやる！」

いつもはおとなしい石垣が、顔を真っ赤にして叫んだ。

「うるさい。近所迷惑だ、喚くな」

かぶさるように、叱責《しっせき》が響いた。

よく通る声は、開いたままの玄関先から聞こえ、能見を突き飛ばした石垣が直立の体勢になる。

まさかの登場に、能見も言葉を失った。

田舎町で見ると、まるで映画スターが降臨したようなきらびやかさのあるスリーピース

スーツに、ぞろりと長いキャメルカラーのカシミアコート。

岩下周平は、にこりともせずに立っている。

黒縁の眼鏡が凜々《りり》しい顔つきはヒーローだが、全身にまとっているダークな雰囲気は悪役だ。

その後ろから岡村が顔を見せた。

「何の騒ぎだ、タモツ」

声をかけられた石垣は慌てふためいて駆け寄る。足をもつれさせ、飛びつくように両腕を摑んだ。

「ユウキに付き合って、佐和紀さんが連れていかれた……っ。坂川って男だ」

石垣を受け止めた岡村の視線が、能見へと向く。

襟のしっかりとしたネイビーのチェスターコートを羽織り、下には濃いグレーのスーツ。落ち着きのある目元を向けられ、能見は表情を引き締め直した。

「延岡興業の坂川って男だ。さっき、金の要求があった。場所もわかってる。……のに！こいつが、ケンカ吹っかけてくるから！」

びしっと石垣を指差す。本人は、むすっとした顔で視線をそらした。

「タモツ。能見さんは身内じゃないだろ」

背けた顔を元の位置に戻され、たしなめるような口調の岡村の手から首を振って逃れる。

「身内みたいなものだ。姐《あね》さんが、あんなにユウキをかわいがってんだから……」

くちびるを尖らせたが、佐和紀に対する呼び名が『姐さん』に戻った分だけ、冷静さを取り戻していた。

そこで、出し抜けに口を開いたのは周平だ。

「能見。おまえ、密売にかかわってるのか」

能見は目を丸くして振り向いた。血の気が一気に下がる。

「ちがっ……。誤解、です。俺は、組と樺山さんからの依頼が重なって……」

「楓果と尚貴ってカップルだな」

眼鏡レンズの向こうに見える瞳《ひとみ》が、ふっと細くなる。むせそうなほどの男っぽさは、汗臭さとは無縁の色気だ。

あの佐和紀にして、この旦那あり。能見にそう思わせる二人は、いつもどこか油断がならない。

「じゃあ、さっさと仕事をしてこい。佐和紀がケガ人を出す前にな。……俺はまったくの別件で寄っただけだ」

そう言いながら、周平は石垣を手招いた。

「付き合ってやれ」

軽く肩を叩き、耳を引っ張る。ぼそぼそと耳打ちされた石垣は、まばたきを繰り返し、こくんとうなずいた。

さっきまでの興奮が嘘のように落ち着き、息を吸い込んだ表情はいつもの飄々《ひょうひょう》としたものに変わる。

「取り乱して、すみませんでした。行きましょう。車を出します」

靴を履いた石垣が、玄関脇に置いてあったダウンジャケットを摑む。

「貝原組の吉木さんに応援を頼んでるから」

能見が言うと、肩越しに振り向く。

「穏便に済むといいけど」

石垣は真顔で言って、ポケットから車の鍵《かぎ》を取り出した。


吉木と連絡を取りながら向かったのは、畑と林が入り混じり、農家がぽつぽつと点在している町はずれの、さらに奥。

産廃業や工事関係の大型車両置き場が集まる一画に建てられた資材倉庫だ。

空はいつのまにかどんよりと曇り、車から外へ出た途端に寒さで身体が震えた。ダウンコートの前を搔き合わせて、腕を組む。

「貝原組はまだみたいですね」

運転席から降りた石垣が、車越しに声をかけてきた。

「俺はここで待ってます。能見さんの案件でしょ」

あっさりと言われ、能見はたじろいだ。頼っているつもりはなかったが、突き放されるとも思っていなかった。でも、周平が手伝うなと耳打ちしたなら納得できる。

そもそも、石垣は周平の舎弟だ。

佐和紀の世話係をやっているとはいえ、『大滝組直系本家』若頭補佐の直舎弟だから、ヤクザの軒に宿を借りているような能見とは格が違う。上の許しもなしに、下の厄介事へ首を突っ込んだりはしない。

「わかった。行ってくる」

「吉木さんたちが来たら、中へ突入してもらいますから、時間を稼いでください。姐さんのこと、くれぐれもよろしくお願いします」

まっすぐに見据えられ、石垣が最悪の状況も想像しているのだとわかった。

もしも、佐和紀が一糸まとわぬ姿でいたら、この中にいる男たちには命を取られる以上の苦しみが待っている。生き地獄行きだ。

倉庫へ近づくと、見張りの男が出てきた。二人のうち一人が、離れた場所で待つ石垣の様子を窺《うかが》う。近づいてこないとわかると能見へ向き直った。

身体検査を要求され、両手をあげる。身体中をべたべた触られ、煙草とライターは捨てられた。携帯電話はそのままポケットへ戻される。

武器を持っていないことがわかると、男たちは急かすようにドアの隙間へ能見を押し込んだ。つんのめりながら中へ入る。

天井の高い倉庫には棚が組まれ、資材がびっしりと保管されていた。小型の備品が乱雑に置かれた中央のスペースに、ユウキの姿が見える。男たちが取り囲み、気味が悪いほどの熱気が溢《あふ》れていた。

性的なことをされている気配に背筋が凍った。でも、積み上がったケースの上に座り、背後からユウキを抱きすくめているのは、スカジャン姿の佐和紀だ。

能見の後ろから見張りが声を張りあげる。たむろしていた男たちが一斉に振り返った。その向こう側で、ユウキも顔を上げる。潤んだ瞳が能見を捉えた。それはよく知った表情だ。

ベッドの上で肌を撫で回した後の、欲情を火照《ほて》らせた誘いのまなざし。だから、何を想像していたのかも、手に取るようにわかった。

ユウキの頭の中にいるのは、能見ただ一人だ。

「坂川はどこだ」

能見が声を張ると、男が一人、めんどくさそうに出てくる。

「なんだよ、早いな。金は用意してきたのか？」

見るからにムラムラした顔を脂ぎらせ、肩を揺すった。そしてこれ見よがしに小指を立てる。

「おまえのコレ。誰にでも足開いてんじゃねぇの？　あの男に胸揉まれて、イキそうに喘いで……エロいのなんのって」

坂川の言葉を聞きながら、能見は肩越しに佐和紀へ目を向けた。どこか冷めた表情を浮かべ、にこりともしない。

怒っているのだ。それも、能見に対して。

理由はありすぎてわからない。男たちから気に食わないことをされたのかもしれなかった。

「金は持ってきたか」

坂川の目配せで、男たちがじりじりと距離を詰めてくる。

佐和紀とユウキの倒錯的な雰囲気にすっかり呑《の》まれ、興奮しきった目はギラギラと血走っていた。腕を摑まれて、乱暴に振り払う。

「おまえらに払う金なんてない。あの二人のことは誰に聞いた。楓果じゃないだろう」

一対多数では、動きが取れない。とっさに佐和紀へ視線を向け、協力を求めようとしたところで右側からパンチが飛んできた。

軽くかわして、拳《こぶし》で打つ。すぐに次の男が出てきて、パイプを振りかざした。右手で摑んだ瞬間、脇腹を蹴られる。

マンガや映画のように、一人ひとりが殴りかかってくるなんて、実際にはありえない。不良あがりでもない能見はルールのないケンカ場《ば》に、たった一人で放り込まれたことがなかった。

まずは下っ端が争い、場が落ち着いたところで、最後に残った一番強い相手とやりあう。それがせいぜいだ。だから、いまの状況は思わしくない。

すぐに加勢してくると思った佐和紀は動かなかった。それが、油断になる。

振り下ろされたパイプに背中を打たれ、息が詰まった。

「大ケガさせんなよ！」

坂川の声が聞こえる。返事をした若い男はパイプを投げ捨て、他の仲間たちと一緒になって闇雲に迫ってくる。揉みくちゃにされ、一人ひとりと向かい合うことがさらに難しくなった。

みっともなく引き倒され、四方八方からの攻撃が始まる。

そうなるともう、顔と腹を守ってうずくまるしかなかった。

突破口を探そうとしたが、這《は》い出す隙もない。

能見が反撃しないと見ると、つけあがった男たちは手を伸ばした。コートの胸倉を掴まれて引き起こされる。

一対一のポジションが取れれば反撃は造作もない。繰り出される拳を手のひらで払って体勢を立て直し、頭突きを返す。

素早くしゃがみ、男の腕をひねり上げた。

「折るぞ」

仲間の悲鳴に驚いた男たちが、ザッと音を立てて後ずさった。

後ろ手に腕をひねられた男は、泣き声をあげて身をよじる。

「坂川。楓果と尚貴を返せ」

「ただで返せるか。経費がかかってんだ。それよりおまえ、ブツの場所を知ってんだろ。そいつの腕を折るのはいいけどよ。言わないことには、あの二人、俺のいいようにしちゃうよ？」

舌なめずりしながらいやらしく笑った坂川が、佐和紀とユウキを振り返る。佐和紀のこわさを知らないのだ。

「そのためには、楓果だ。楓果を渡せ」

唸るように言い返した。でも、能見の頭の中はもう空っぽだった。樺山の依頼も、組の依頼も、田淵のこともどうでもいい。

頭の片隅にたったひとつ残るのは、ユウキのことだ。男たちの興奮した視線を受け、なまめかしく喘ぐ姿を見せていた。

時間稼ぎのためだとしても、胃の中がふつふつと燃える。

言いようのない怒りは、目の前の坂川へ向かい、男たちへ向かう。そして最終的には、佐和紀へ向かった。

まるで黒幕のように堂々と座っている佐和紀は、片膝を上げ、もう片方の足をぶらぶら揺らす。

「……くっ」

能見は奥歯を噛んだ。怒りで吐き気がする。

どうしてユウキを守ってくれなかったのかと思い、身勝手だとわかっていても悔しくなった。守れない自分が悪いのだ。

連絡を頼んだばかりに、天真からつけこまれる隙を与えてしまった。相手の本性に気づけなかったことも、ユウキの揺らぎがちな心をないがしろにしたことも失態だ。

天真と楓果とクスリの関係を知っていたら、絶対に近づけさせなかった。

でも、いまさら遅い。無能さを思い知らされ、能見は拳を握りしめた。

組から厄介事を押しつけられたのも、田淵に足元を見られたのも、描いた青図通りに物事が進まないのも、すべては自分の無知と愚鈍さの責任だ。リングを下りたときの辛酸が甦り、吐き気はますます強くなる。

石垣から投げつけられた『筋肉バカ』の一言が身に沁《し》みて、ひねり上げた腕を加減するのを忘れる。

男の悲鳴が泣き声に変わり、能見は目を据わらせた。

坂川を睨むふりで、佐和紀を見る。視線がぶつかり、現状を打破したいのだと訴えかける。

佐和紀は、ほんのわずかにくちびるの端を上げた。

「坂川さん。俺、飽きた」

箱から飛び下りる。

ユウキをそこへ残し、すっと腕を伸ばす。不思議と艶《なま》めかしい仕草で、パイプ椅子の背もたれに触れた。

ユウキよりも佐和紀に興味を持っているらしい坂川は、媚《こ》びるような笑みを浮かべた。

「おまえら、さっさとこの男を縛れ、こいつの腕なんか、どうでもいいんだよ！」

そう叫び、佐和紀へ向き直る。

「こいつらを天真に渡したら、何かうまいものでも食べて……」

「俺が誰のものか、わかってる？」

ふっと笑った佐和紀は性的に見えた。思わせぶりな態度に誘いを滲ませ、椅子を指先でなぞる。

能見は身構えた。ひねり上げていた男の腕を離すのと、佐和紀が軽い仕草でパイプ椅子を畳んだのは、ほぼ同じタイミングだ。

ぶん投げられた椅子が宙を飛び、とっさに背を向けた坂川の背中にぶち当たる。致命傷になったときのことなんて、佐和紀は考えていない。

衝撃に悲鳴をあげて倒れた身体を蹴り上げ、仰向けになった坂川の下半身へ、容赦なく踵《かかと》を落とした。坂川が奇妙な声をあげて悶絶《もんぜつ》する。

微塵《みじん》の躊躇《ちゅうちょ》もない動きに、若い男たちは自分たちの股間《こかん》をかばうように後ずさった。坂川の上に足を置いたまま、佐和紀は視線を巡らせる。

「能見。ケンカってのは、こうやるんだよ。チンタラ出てきて、殴られてんじゃねぇぞ」

佐和紀の足の下で叫び声をあげた坂川がもがく。舌打ちした佐和紀は、さらにみぞおちへと踵を落とした。声もなく悶《もだ》えた坂川を転がし、飛んでいったパイプ椅子を軽々と拾う。

「なぁ、おまえら、知ってる？　これ投げるのも、結構、コツがいるんだよ。でも、慣れれば意外に命中率高い。……投げてやろうか？」

眼鏡をついっと押し上げた佐和紀の冷笑に、若い男たちは我先にと土下座を始める。

「す、すみません！」

「勘弁してくださいっ」

頭をゴリゴリと床に押しつけ、大声を張りあげた。

「うるさい……」

うんざりした声の佐和紀が顔をしかめ、男たちはヒステリックに悲鳴をあげる。ドアの向こうも騒がしくなり、やっと到着した貝原組の若い衆がなだれ込んできた。

が、誰もがシンッと静まり返る。屋根の高い倉庫の小さなスペースに、延岡興業のチンピラたちの泣き声がしくしくしくと響く。

佐和紀がパイプ椅子を投げ捨てる音にハッとした貝原組の面々が、ようやく動き出した。土下座している男たちを捕まえ、坂川を引き起こす。

能見は一目散にユウキへと駆け寄った。歩けると言われても構わず抱き上げる。こんなところからは早く出したかった。出入り口へ急ぐ能見の後ろを、佐和紀は無言のままついてくる。

外へ出ると、吉木がいた。その隣に立っているのは周平だ。

並んで煙草を吸っている二人へ会釈を向け、ユウキを地面へ下ろした。能見の横をすり抜けた佐和紀が歩み寄る。

両肩からスカジャンをずらした姿はどう見てもチンピラだ。

対する周平には品格がある。すっきりと凛々しい男のそばに立ち、佐和紀はその指から煙草を抜き取った。偉そうな態度でくわえると、

「何をしたんだ」

周平に苦笑を向けられた。

「なぁんにも」

片方のスカジャンだけ引き上げる。ポケットへ片手を入れた。そして煙草をゆっくりと吸い、

「クスリでシノいでるの？」

おもむろに吉木へ尋ねた。周平と交わす気安いやり取りに、やっと佐和紀の正体がわかったらしい。吉木は煙草を取り落とした。

「うちはそんなことしませんよ」

足で煙草を揉み消し、あたふたと答える。

たかだかヤクザ幹部の嫁。そう言ってしまえば、それだけのことだ。でも、佐和紀は強い。

「天真が……」

と言いかけた吉木を制止して、佐和紀は残りの煙草を周平のくちびるへ戻す。そっと差し込んで肩をすくめた。

「関係ないならいいんだ。忘れてくれ。俺もこいつも、そんなことのために来たんじゃない。……で、何しに来たの？」

首を傾《かし》げた佐和紀が、ようやく周平へ視線を向ける。

「病気見舞いだ。組の仕事で……」

「はぁ、そんなことまで……。ご苦労さま」

旦那の肩にぽんっと手を置く。苦笑した周平が握ろうとしたが、それよりも早く、逃げるように手を下ろす。

そのやり取りを目の当たりにした吉木は、どぎまぎとしながら、佐和紀に向かって言った。

「延岡興業との後のことは、こちらで対処します。お探しの二人もきちんと用意しておくよう、伝えておきますので」

「能見。それでいいの?」

佐和紀に振り向かれ、能見はうなずいた。

「天真は姿を消してるぞ」

周平からも言われ、まだ自分の仕事は続いているのだと悟った。終わるはずがない。ユウキさえ取り戻せばいいと思ったのは、ついさっきまでの話だ。現実はまだ続いている。

億劫《おっくう》な気分になったが、顔に出すわけにはいかなかった。

「隠れているだけだ」

能見の隣に立つユウキが言う。

「天真はおもしろがってるんだよ。僕を延岡興業に拉致させたのも、能見と周平への単なる嫌がらせだ。坂川って男は、いいように操られただけだと思うよ。……あとね……、まだ楓果がここに残ってるなら、クスリもここにある。彼女がどうして渡さないのか、それはわからないけど……。天真はどうにかして探し出すはずだよ」

「クスリは横浜だって、楓果が」

能見が口を挟んだが、ユウキは静かに首を振った。

「嘘をついてる。天真は初めから隠し場所を知っていたと思う。……楓果は、黙って別の場所に移したんじゃないかな。それとも」

ゆっくりとした仕草でまばたきをして、ユウキは視線を佐和紀へ向けた。

受け止めた佐和紀は、くちびるを歪めるように微笑《ほほえ》む。苦笑というにはいたずらっぽい笑顔が、不意打ちで能見へ向けられる。

「能見。ちょっと、話がしたい」

まだ、さっきの礼も言っていないと気づいたが、佐和紀はそんなことさえ忘れたように笑っている。

「僕も……」

心配そうな顔をしたユウキが、一緒に行こうと能見の腕にすがりつく。

「ユウキは石垣と戻ってろ」

そう言ったのは周平だ。煙草をくわえ直し、車へと向かう。その後を追った佐和紀に視線で呼ばれ、能見はユウキを石垣に任せた。

周平と岡村が乗ってきたセダンの後部座席に能見が乗ると、佐和紀は助手席へ乗った。周平はどうするのかと思っている間に、運転席に乗り込まれて驚いた。岡村は石垣たちの車で戻るのだろう。周平を運転手にするとは想像もしなかった能見は、言い知れぬ緊張感の中で連れ出された。

護岸整備された海沿いで車が停まり、佐和紀に誘われて外へ出る。周平は車の中に残った。うっすらと空を覆う雲は鈍色《にびいろ》に淀《よど》み、冷たい風が吹き抜ける。海は波高く荒れていた。北国の春は、まだ遠そうだ。

「さっき、ユウキが奥さんを見ただろ。あれって……」

口を開いたのは、誘われるままに車を離れた能見の方だ。

言いにくそうにくちごもり、ユウキは視線だけを佐和紀へ向けていた。

「もしかして、ブツの場所を知ってるんじゃ……」

「俺が？　どうして？」

マフラーをぐるぐると首に巻いた佐和紀は、さほど寒くなさそうな顔で肩をすくめた。

「必死だな」

顔を覗き込まれ、言葉を探す。身を屈めた佐和紀の手が肩に乗った。その瞬間。

「うっ……」

不意を突かれ、息が止まった。

拳でみぞおちをえぐられ、視界がチカチカと揺れる。それでも崩れ落ちなかったのは意地だ。

「ユウキの喘ぎ声、かわいすぎてどうしようかと思った……。あんまりのんびりしてると、味見するぞ」

「な、に……っ」

ようやく息が戻り、ゲホゲホと咳込《せきこ》む。

「怒ってんの。もー、けっこうイライラしてる」

それはわかっていた。倉庫で見たときからだ。

「いつになったら、相談してくるのかなって、俺なりにすごいドキドキして、あれこれ手も回してさ……。なのに、なんだよ。ユウキにも言わないで。そんなんだから、あいつもどうしたらいいのかわからなくなって、天真が手を回してるってわかってても、坂川についていくって……。おまえのせいだ」

「これは……俺の問題……」

「おまえにとっては、そうだとしても、だ。ユウキは巻き込まれてるだろ。もっと周り見れねぇの？　っていうか、こんなこと俺に言わせんな！」

いつもは自分が言われる立場なのだろう。苛立ちのままに、コンクリートを蹴りつける。

「ユウキはな、樺山さんにおまえを認めてもらいたいと思ってる。そのくせ、自分の身体のことはあいかわらずだ。なんとも思ってない。っていうかさ、前の状態に戻りたいとか思ってんじゃないの？　あいつ」

「そんなわけないだろ」

「天真と会ってたけど？」

佐和紀の言葉がぐさりと胸に刺さる。

「何があったか、洗いざらい吐け。能見」

嫌だとも言えず、意固地になって視線をそらす。

力がなければユウキを守れない。それはわかってる。だけど誰かに頼るのも情けない。これは、俺の案件だと、そう思う気持ちがいっそうくちびるを閉ざした。

「能見。……能見！」

バシッと頬を叩かれる。

「話せって言ってんだろうが！」

怒鳴りつけられて、睨み返す。胸倉を鷲掴《わしづか》みにされて激しく揺すられた。

「さっきのことは感謝してる。だけど、ユウキを守るのは……、俺じゃなきゃダメだ、から……」

手首を摑み、佐和紀の関節に指をかけた。その手首を、同じように摑まれる。どちらも完璧《かんぺき》に相手の関節の急所を押さえていた。

悔しさで目の前が暗くなる。言えば楽になる。それが甘えに思えて苦しくて、能見は佐和紀の腕を払いのけた。

もう一度伸びてくる手を、肘先で阻む。

睨んでくる佐和紀の顔は苛立ちを通り越し、完全に怒っている。ギラギラとした目が、レンズ越しに鋭く突き刺さってきた。

「そういうこと言ってんじゃねぇよ。おまえがブツを持って組長のところへ行けば、どうなると思ってんだ」

「構成員に取り立ててもらえる」

そうすれば、もう少しマシな立場になれる。周りに侮られて利用されることもない。

「それは出世じゃないだろ」

舌打ちした佐和紀に肩を突き飛ばされる。身体が揺れて、能見は一歩後ずさった。

風が冷たく頰をなぶり、能見の胸にある暗い劣等感を煽《あお》る。

たかだかヤクザの名簿に載るだけのことだと言いたげに、佐和紀は眉をひそめてあごをそらす。

「ドツボにハマるってやつだ。……能見、おまえはそんなことにかかわるな」

佐和紀の両手が伸びてきて、拒む間もなく首の後ろを摑まれた。温かい手のひらが首筋を包み、ぐっと間合いが詰まる。

性的な匂いのしない清廉な瞳がそこにあった。ひたすらにまっすぐな視線で、胸の内を覗かれる。

「おまえはホンモノのヤクザにならなくていい」

能見の胸の奥がカッと燃えた。

それは意外にも、反発心とは正反対の感情で……、安堵《あんど》感だった。強がっていた気持ちが、ガラガラと音を立てて切り崩される。

「でも、ヤクザに使われるだけの存在にもなるな」

佐和紀は自信満々に笑う。

「この世界に片足突っ込んで、いつでも抜けるようにしておくのが一番利口なんだよ。そういうふうに生きていく力がなきゃ、ユウキまで路頭に迷うぞ」

額を合わせるように近づいてくる佐和紀に威圧され、能見は踏ん張った。

チンピラめいて見えても、手の早い乱暴者に思えても、佐和紀の中には一本の筋が通っている。太くてしっかりとした芯《しん》だ。

だから、この世界で生き残れる。

佐和紀は、誰かを守るために強く生きようとしているわけじゃない。自分らしくいられる限りは、すべてを守っていくのが当然だと思っているのだ。佐和紀は元から強い。そして外見のたおやかさからは想像できないほど『男』だ。

「ユウキをもう二度と、あんな暗い世界に戻すな。不幸の味を、思い出させないでやってくれ」

息がかかるほど顔が近くなったとき、車のクラクションが響いた。

ハッとした佐和紀が身を引き、能見も慌てふためいて体勢を整える。

肩の力が抜け、能見は自分の手のひらを見た。

拳を握ろうとしてやめる。

ユウキのことをあきらめずにいるためには、力がいる。それをずっと、『ヤクザ社会』で自分一人が強くなることだと思っていた。だけど違う。

佐和紀に言われ、周平が鳴らしたクラクションで我に返った。

ユウキはもう男娼《だんしょう》じゃない。後ろには樺山がいて、そばには佐和紀がいる。限りなく元の世界に近い場所にいても、それはもう別世界だ。別世界でなくてはいけないのだ。

そして自分は能天気に、ユウキの手を引く。明るい方へ明るい方へ、ひたすらに引っ張っていく。必要なのは、そういう強さだ。ここじゃないどこかを信じる勇気だ。

躍起になって、身の丈に合わない努力をすることじゃない。

「……佐和紀。俺に……、力を、貸して欲しい」

緊張しながら口にする。天真がヤクザを利用するように、能見も自分の置かれた状況を利用する。信じられる相手がいるのだから、あの男のように器用じゃなくてもいい。

「やっと言ったか。ばかやろう」

佐和紀がにやりと笑う。嬉しそうに目を細め、髪を掻き上げた。

「そんな前置き、俺らにはいらねぇだろ。酒のついでにぼやけば、それで済むんだから。……覚えといて」

肩をすくめ、佐和紀は車の方へ向き直った。子供っぽい仕草で手を開き、顔のそばでちらちらと振る。

「やべぇな。怒ってそう」

言うほどには心配していない声で言う。いっそお仕置きを楽しみにしているような、ウキウキした表情で振り向いた。

絶対的な愛を確信している目が微笑む。いつから、その懐にユウキと能見を入れてしまったのか。聞いても、わからないと言うだろう。

「寒いから、手短に話して」

風に舞い上がる髪を押さえる佐和紀の指に、細かい雪が降りかかっていた。

5

貝原組の吉木が延岡興業の社長へ連絡を取り、楓果と尚貴の身柄は明日まで預かってもらうことになった。段取りをつけたのは岡村だ。引き取りは当然、能見に任された。

その本人は、一日入院になった門下生の様子を見に行き、岡村と石垣に誘われてスーパー銭湯へ出かけている。

ユウキと佐和紀は、周平とともに留守番になり、宿を斡旋《あっせん》してくれた女将《おかみ》の小料理屋で夕食を取ったばかりだ。

「風邪《かぜ》をひくぞ」

縁側に座っていた肩に、厚手のニットカーディガンがかけられ、ユウキは粉雪の降る庭先から視線を転じた。

「ありがとう」

こんなに優しくされたことがあるだろうかと、思い出すともなく眉をひそめる。笑った周平が隣に腰かけた。

ユウキが一番風呂《ぶろ》をもらっている間に、佐和紀ともう少し飲んだらしい。ネル生地のシャツだけでも寒そうではなかった。

「佐和紀を巻き込んで……、ごめんね」

「どうせ、うちのも乗り気になったんだろう。冒険好きで困る。……でもな、どっちに何があっても大騒ぎだ。おまえだって、樺山さんになんて言うつもりだ」

説教が始まるのだと察し、真顔でうつむいた。くちびるを尖らせて拗《す》ねるのは、それからだ。

「俺が来る前に片がつけば、天真のことを知られずに済むと思ったのか」

「来るとは思わなかった。それに、天真のことは佐和紀が報告済みでしょ」

「懲りてないのか。何度、男につけ込まれたらわかるんだ。同じことを繰り返して……。おまえは成長しないな」

「……仕方ないじゃない。僕は佐和紀とは違うもん」

両膝を抱え、そこへ顔を伏せる。

「あいつは好き勝手にやってるだけだ」

「僕だってそうだよ。……何が違うのか、わかんない」

本音が洩《も》れる。胸の奥がキュッと痛み、ユウキは静かに息を吐き出した。

「天真と二人で会ったのか」

「会ったよ。昔と同じ、チョコリキュールのミルク割り。……好きだった。甘くて、美味《おい》しくて」

「よく回って……か」

　意地悪く言われ、周平を睨む。

「周平に言われる筋合いはない！　あのときの僕は、本気だったよ。天真が好きだった。幸せだったのに！」

「じゃあ、あのまま、クスリでたらし込まれてそれで満足だったわけか。そうなってれば、能見と出会うこともないぞ」

　言われてしまえば返す言葉もない。

「もう知ってるんだろう」

　まっすぐに見つめられて、心が寒々しく凍えていく。

　天真の出すカクテルは、ドラッグ入りだ。知ったのはずいぶんと後のことだった。

「どうして、あのとき言わなかったの……」

「そんなことまで受け止められる状況だったか」

　天真を失ったことで精神バランスを崩し、入院しなければいけないほどだった。でもそれは、身体に残った薬物のせいでもある。

「おまえにだって、優しい思い出のひとつぐらい必要だっただろう」

「見せかけだったけどね……。天真に会ったのはね、周平。あの頃の感覚を思い出してみたかったからだ。僕を殴らない『いい人』との思い出をなぞってみたかった」

「どうだった」

「僕には、孤独と不幸の方が似合う……ような、気がする」

言った瞬間に、能見の明るい笑顔が思い浮かぶ。

周平は感情に乏しい目つきでニヒルに笑った。

「そんなことは、本当の孤独と不幸を知ってから言えよ」

突き放すように言われ、ユウキは肩を落として途方に暮れた。やっぱり周平は変わらない。

「義孝は優しいけど、どうしてそんなふうなのかわからない。僕も前みたいに振る舞えなくて、わがままを言っても言わなくても幻滅させそうで。どんなふうなら、義孝は嬉しいのかって。そう思うと怖くなる」

「おまえが、たくさん男を知ってるからか。それとも、能見がノンケだからか」

「……ね。そうだよね。いまさら僕が処女みたいな顔しても、演技だってバレてるじゃん。しらじらしいって思う。いつか、義孝だって、いろんなことに気づくし……飽きる日が来る」

いつまでも出会ったままの容姿ではいられない。周平にかけられた魔法はもうとっくに解けたのだ。

かわいいわがままな美少年は消え、残されたのは先行きが不安な元男娼だ。目尻《めじり》につけたまつ毛のエクステぐらいじゃ、何もごまかせない。

「永遠なんて、何もないか」

周平の手が伸びてきて、カーディガンが引っ張り剝《は》がされる。佐和紀が風呂から出てきたのだ。

肩が急に寒さを感じ、ユウキは自分の身体へ腕を回した。

「おまえに、ものごとの真実ってものを教えてやる」

人の悪い表情で、周平はかすかに笑う。そっと耳打ちされて驚いたユウキが顔を向けても、周平は何食わぬ顔で立ち上がるだけだ。

そのまま、広間へ戻ってしまう。

「何、それ」

騒ぐ胸を押さえる。急に動悸が激しくなって、息が詰まる。

そんなことでわかるような真実なんてあるわけがない。そう悪態をつきながら立ち上がり、ユウキも自分の部屋へ戻った。

身体が冷えないように上着を着て、靴下も履く。それから、ユウキはもう一度、首を傾げた。よくわからない。でも、言われた通りに部屋を出て静かに廊下を歩く。縁側とは反対側から、石垣の寝泊まりしていた部屋へ入った。今は別室へ移り、荷物ひとつなく、がらんとしている。

隣は佐和紀と周平の部屋だ。隔てている襖《ふすま》はほんのわずか開いていた。

細い灯《あか》りを頼りに近づく。

膝をついたユウキの耳に、声が洩れ聞こえてくる。

「んっ……ぁ」

風呂上がりの佐和紀はすでに周平の腕の中に捕えられ、拒みきれずに息を乱していた。

背後から前へ回った周平の手は、佐和紀の寝間着のトレーナーの中で動いている。何をされているのかは一目瞭然《いちもくりょうぜん》だ。

「あいつらが戻る前に、少しだけ……」

周平がささやくと、佐和紀は首を左右に振った。なおも周平が口説く。

「ユウキなら部屋に戻った。うっかり入ってきても、すぐに出ていく。眺めているほど野暮じゃない」

「い、や……」

「おまえのイヤは甘くて困る」

自分たちの行為を覗けとユウキに耳打ちした男は、そんなことを忘れた顔で佐和紀を横抱きにする。片手で胸をいじったまま、パンツの中へと手を入れた。握られた佐和紀は、身体をひくつかせて周平にすがる。

いつものヤンチャぶりからは想像できないほどしおらしい。

なのに、佐和紀が息を乱すたびに部屋の温度は上がり、二人の間が卑猥に湿り気を帯びていく。

周平の首へ腕を回した佐和紀が自分からキスを求めた。水音の響くほどに激しく吸いつき、寝間着のパンツを脱がすように周平の手を促す。

「挿《い》れてくれなきゃ、やだ……」

甘くねだった佐和紀の言葉に、周平が満足げに微笑んだ。ユウキの心臓がどきりと跳ねる。そのままドクドクと動悸が激しくなって、胸のあたりの服を掴んだ。

結局、佐和紀は自分でパンツと下着を脱ぐ。周平がどこからともなく取り出したローションを使い、性急な下準備を施す。

能見たちがいつ帰ってくるとも知れない気忙《きぜわ》しささえ、二人にはスパイスだ。手慣れた仕草で互いを慰め、そして煽り、佐和紀が足を開くと、周平は嬉しげに身を進めた。

その瞬間に、ユウキの腰も熱く疼《うず》く。自分の足の間に身体を置き直す能見のはにかみを思い出したからだ。

そして、周平でさえ、同じ顔をするのだと気づく。

それはユウキの知らない顔だった。どんなに濃厚で淫乱《いんらん》なセックスを愉《たの》しんでも、周平はいつも不機嫌に見えた。

なのに、いま目にしているのは別人のような表情だ。

「あっ……しゅう、へ……っ」

「奥まで」

声ばかり申し訳なさそうにした周平は、襖の隙間から覗いているユウキをちらりと見た。そして、この数日ですっかり飢えたと言いたげな艶めかしさで腰を進めた。

「あっ、あぁっ……っ」

シーツを摑んだ佐和紀が、柔らかくのけぞり、浮いた背中の空間に、周平は優しく腕を差し込んだ。

「きつくないか」

「……きついに、決まって……」

佐和紀が震える声で訴える。

「おっき、くて……」

「きもちいいか」

「……うご、け……」

口調は乱暴でも表情は甘く、膝はしきりと周平の腰を挟みたがる。

見せつけられて苛立つほどの甘いセックスだ。愛し合う二人のそれを、ユウキは泣きたいような気持ちで見る。

悪ふざけのような周平の言葉が胸に落ち、『ものごとの真実』がユウキにもわかった。セックスは愛がなくてもできる。金で買うこともできる。なんなら、愛し合っているふりで抱き合うことも可能だ。

でも、真実はひとつしかない。

触れて触れられて、溶けるほどに甘い、微笑むしかないような交歓の一瞬は奇跡だ。金で買えるものではなく、演技でも得られない。

ユウキと周平の間には一瞬たりとも存在せず、ユウキと天真の間にもなかった。

だけど、ユウキはもう知っている。そのことに、周平と佐和紀のセックスを見せつけられ、気がついた。

思い出すのは、能見の愛撫と、能見の熱さだ。

それから、繫がるときの胸の高鳴りと、壊れそうになるせつなさ。その瞬間は能見だけを信じ、向けられる愛情をいぶかしんだりはしない。自分の外見も心も、あるがままにさらけ出し、なんの迷いも恥じらいも感じなかった。

ユウキはそっと身を引く。

部屋に戻り、静かに息を吐いた。心臓はまだ激しく脈を打っている。

周平に抱かれる佐和紀は幸せそうだった。そして、周平もまた、それ以上に満たされていた。

もしも、二人の結婚後すぐに見ていたら、自分が代わりになれるなんて考えもしなかっただろう。二人の間にはつけ入る隙もない。

そう思いかけて、顔を覆った。首を振る。

きっと、考えた。浅はかだと気づきもせず、それを手に入れられると思ったに違いない。なぜなら、ユウキが愛を知ったのは、それよりもっと後だったからだ。能見と出会った後のことだった。

それが『真実』だ。


「佐和紀と岩下さん、一緒に風呂入ってんの？」

帰ってきた能見が上着を脱ぎながら言い、布団の中で携帯電話をいじっていたユウキは這い出した。

「義孝」

「うん？」

「ビール、飲んだ？」

「いや、いまから。俺は運転手を買って出たから。迷惑かけたしな」

「……ホテル、行きたい」

「おー。どこの？」

旅行に誘われていると思ったのだろう。そばにしゃがんで、ニコニコ笑う。

「どっかいい宿見つけたか？　缶ビール取ってくるから……」

「行きたいのはラブホテル。いますぐ」

立ち上がろうとした腕を強く掴んで引き寄せた。驚いている顔を手で支え、音を立ててキスをする。

「連れていって」

「……いいけど」

ユウキの勢いに真剣な表情で立ち上がる。ニヤつくのを取り繕っている顔じゃなかったが、ユウキは何も訂正せず、服を着替えてカーキ色のコートを羽織った。

邪魔が入らない場所で話したいだけだと思われているなら、それもよかった。二人でいちゃいちゃと安いラブホテルを選べる関係じゃない。なぜか、そうなってしまったのだ。わがまま三昧《ざんまい》だったユウキは遠慮がちになり、いつしか能見も身勝手さを発揮できずに気づかいばかりになった。二人の間は、どこかぎこちない。

好きで、嫌われたくなくて。相手が幸せなら、それが自分の幸せだと思った。そんな優しさが間違いだと、どうしてわかるだろう。

手を繋いで、こっそりと玄関を出た。車に乗り込み、町を出る。能見が携帯電話でホテルを探し、国道を少しはずれた場所へ向かった。

ラブホテルのテンプレのようなお城風の外観に、なんとなく気分を害されながら、ロビーに設置されたパネルで部屋を選ぶ。テーマ性のある変わった部屋はすべて埋まっていた。

「どうする？」

と能見に聞かれ、ユウキは戸惑った。

「義孝、選んで」

決めかねて頼む。能見はあっさりと、室料の高い部屋を選んだ。転がり出てきたルームキーを取り、エレベーターに乗る。

二人きりになった瞬間にキスされて、燃え立つどころか、心のどこかがざわめいてきしんだ。こういうふうに女と付き合ってきたのかと、そんなことを考えるのが嫌なのに、想像すると止まらなくなる。ユウキの不機嫌がわかるのか、能見は苦々しく笑って沈黙した。

エレベーターを出て部屋へ入り、ドアを閉める。先に自販機で金を払うシステムらしく、そこは能見に任せ、ユウキは一人で奥へ進んだ。

フローリング敷きの広い部屋だ。味気ないが、ソファがあり、大きなベッドがあり、スロットマシンとマッサージチェアもある。

「義孝、ビール飲む？　帰るまでには酔いもさめるんじゃない？」

冷蔵庫を探そうとした手を、コートを着たままの能見が摑む。吸い込まれるように、鍛えられた胸に身を寄せる。

そのままキスされたかったが、緊張した面持ちの能見は本題を待つ顔になっていた。

天真のことを話さなければならないとわかったが、ユウキは切り出しあぐねる。何を説明すれば誤解されずに済むのかを考えているうちに、

「天真と、会ったのか。……二人で」

能見から問われた。それは思った以上に苦々しく、周平に聞かれる何倍も後ろめたい。

「……うん」

言い訳もできず、ただうなずくしかない。

「どうして？」

できる限りの優しさで問いかけてきた能見に手を引かれ、二人でベッドの端へ腰かけた。

「会いたかったのか？　悪い意味じゃなくて。昔が懐かしいとか……。俺には、あいつがどんな男なのかわからないし、小悪党だとしても、おまえにとってどうだったのか……知りたいと、思うけど……。おまえが言いたくないなら……」

どっちつかずなことを言って、能見は首の裏へと手を回す。自分でも煮え切らないと思うのだろう。

「ごめん。やっぱり、聞かせて。おまえにとって、あいつは、何？」

能見はうつむいたままだ。ユウキはちらっと視線を向け、小さく息を吸い込んだ。

「いい思い出……。好きだったから。……でもね、義孝。違うんだよ」

「わかってる。だいじょうぶだ。ちゃんと、最後まで聞くから」

顔を上げた能見は、真剣な目でくちびるを引き結んだ。

覚悟を決めるような表情が胸に苦しい。でも、ユウキは続けて口を開いた。

「誰かを好きになって、……殴られないってことが、それが、いい思い出だったんだ。わかる、かな……。わからないと思うけど、ひどく扱われないことがあるって思うことが、嬉しくて……。堺とのことがあってから、僕はずっと、そういうのがフツーだと思ってたし。天真も結局は、身体だけだったんだけど、でも殴られなかったんだ」

「うん」

能見の手が伸びてきて、腕を掴まれる。軽く揺すられ、ユウキの視界は涙で滲む。

「周平が、僕と天真の仲を裂いたのは、天真がクスリを使ってたからだ。……僕は気づかなくて。後から考えてみたら、たぶん、僕の方がたくさん飲んでて……。別れた後、クスリを抜く方が大変だった。そういうことがあって、だから……、結局は周平とのセックスに依存して、気持ちを埋めるしかなかったんだけど……」

「うん……」

うなずいた能見がうなだれる。落ち込む肩を眺めるのが苦しくて視線をそらすと、鼻をすするような音が聞こえた。

驚いて振り向いたユウキの目の前で、能見は泣いていた。

「ごめんなぁ、思い出したくないこと、話させて。おまえに過去を聞いたらそうなるって、ちょっと考えればわかるのにな。俺、本当にバカだな」

手のひらで目元を拭《ぬぐ》った能見は、笑おうとして失敗する。どう対応するのが正解なのか、ユウキにはまるでわからなかった。

一年も一緒にいたのに、能見のことが何もわからない。

「ユウキ。俺は、おまえが好きだよ」

うつむいたまま、能見が言う。

「かわいくてかわいくて、たまらない。おまえが小さいひよこなら、きれいな箱に綿をいっぱい敷き詰めて、そっと置いてやりたいぐらいだ」

「……う、うん」

「でもひよこじゃなくてよかった。抱いて寝ても、潰れないし」

「うん、そうだね」

能見の言葉があどけなくて、ユウキは肩を揺らして笑ってしまう。

「変なの。ひよこだって……。変なの」

笑い出すと止まらなくて、能見の肩に顔を伏せた。

「おまえは、ひよこのかわいさを知らないな。うまく育てるとな、夜店のひよこだってニワトリになる。すっげ、うるさいし、凶暴だけど」

「育っちゃったの？」

「おー。うっかりな」

「それでどうしたの？　食べたの？」

「さすがに食べない。親が農家に引き取ってもらってた。……おまえはひよこじゃないから、どこにもやらないよ。誰が迎えに来ても、どこにもやらない。好きなんだ。……嫌いだって言われても、離せないぐらいに好きなんだ」

「嫌いになんて」

「ずっといれば、そういう日も来る。でも、一緒にいよう。俺だけがおまえを受け入れられる」

「いつか、嫌になるよ。重たくなる」

「そのときは、おまえが怒るんだよ。約束が違うって」

「できないよ、そんなの」

「どうして。言われなきゃ、俺はわからない。もしもおまえを傷つけることがあったら、怒っていいんだ。我慢しなくていい」

「……嫌になって、どこかへ行かない？」

「どこに行けるんだよ、おまえを残して」

「だから、僕のことが嫌になるからどこかへ行くんだよ。浮気するとか……さ」

「しても、怒らないつもりか」

　真正面から尋ねられ、ユウキは戸惑った。

「イヤ、だけど……」

「俺もいい思い出のひとつにして、また一人に戻ろうとか思ってるだろ。おまえはそれでいいよ。樺山さんがいるから。だけど俺は、絶対に浮気相手にも捨てられて、一人ぼっちになる。……おまえが俺を怒らなかったせいで」

「え？　それは、どうなの？」

　驚いて言い返すと、能見は大きくうなずいた。

「浮気したら、もちろん俺が悪い。だから、おまえは怒ってくれ」

「して欲しくないんだけど……。絶対に、嫌なんだけど。……考えたら、ムカついてきた」

「まだしてない」

「だって、そういうこと言い出すの、ズルくない？　するつもりあるから言うんでしょ！」

「……したら、怒るか」

「当たり前でしょ！　怒るに決まってる。だいたい、どうして、義孝はそうやって」

「そうやって?」

「……僕を試すような、こと、言うの……」

「好きなんです。だから、浮気したらダメだって言って欲しいしな、浮気して欲しくない。俺以上におまえを大事にする男なんていないんだから……。おまえも、もっと自分を大切に思ってくれ。過去なんか、どうでもいい。気になるのは、それがお前を苦しめてることだけだ。おまえが誰とどんなセックスをしてきたか……。いや……、考えたら、俺も、すっげー、腹立つんだけど！　天真のくそヤロウ、ぶっ殺してやる！　っていまも思ってるけど！」

　興奮した能見が拳を握る。

「でも、俺はおまえとイチャついていたいから、誰も殺さない。……おまえの身体が好きだ。結婚してくれた日から、何も変わってない。……ちょっとは変わったか。壊さないか、心配で」

「壊れないけどね。これでも男だから。頑丈なんだよ。……言いたくないけど、経験豊富だもん」

「けどおまえ、処女みたいな顔するだろ」

「僕、処女とは寝たことないから」

「……お、おう」

ヤブヘビだったと言いたげな顔で、能見が視線を泳がせる。

「僕は……、義孝にぜんぶ、あげたい、って、思ってる。何を、してもいいし……。こう言うと、自分のことを大事にしてないって思うのかもしれないけど、そうじゃなくて。いろんな、きもちいいこと、……知ってるから。して欲しいし、してあげたいし、……しないのって、もったいないかな……って」

能見がぴたりと動きを止める。パチパチとまばたきを繰り返し、こっくりとうなずいた。

「それは、しよう……」

「うん……。しても、いいよね」

「した方がいいな。どうせだから」

「……したら、嫌な思い出も上書きされるし、ぜんぶ、義孝との記憶に、したい……し……」

言っているうちに、顔が熱く火照ってくる。両頬を押さえたユウキはうつむいた。恥ずかしくて顔が上げられない。

「おまえは、優しいセックスが好きかなと思ってた」

抱き寄せられて、能見のダウンコートに顔を伏せる。

「それ以外は嫌かなって」

「あれこれ言ったのは、そういうことじゃなくて、ね。本当のこと言ったら、淫乱かな……って」

「おっと……っ！」

　能見が大声をあげて身体を離した。顔を覗き込まれる。

「いま、なんて言った？」

「え？　して欲しいことを言ったら、淫乱みたいかな……って」

　口にしてから、ユウキは疑問を抱く。なぜ、もう一度言わされたのか。

「おまえの口から淫乱とか、エロい」

「ばっ、か……ほんと、ばか……」

「恥じらってんのもたまらない。いや、恥じらってなくても、いっそ、エロい」

「気持ち悪い。義孝、気持ち悪い」

「いいだろ、別に。前に、ちょっと付き合ってくれたことあるだろ？　淫語プレイ的な、あれ……。あぁいうのも、たまには、いい？」

「なんだろ、うなずいたら負ける気がする……」

「負けておいてくれ。それから、ついでに、エッチのときは動きたいように動いていいんだから。ときどき、動かないようにしてるだろ。イキそうなのを我慢してないか」

「……それは」

「イッて欲しいんだけど。何回でも」

「だって、だんだん変になるし。高い声、出せないとき、ある……。それに、顔だって変になる」

「萎《な》えたりしないけど。おまえだと平気なんだよな。男だってわかってるし。イキまくってどうしようもないのを、押さえつけてやりたい。とか……な」

「思ってるの？」

「思ってる。俺がヘタだから、なかなか、そうならないってのはわかってんだけど。おまえの方の努力でカバーできるなら」

「え？」

　思わず、能見の腕を摑んでしまう。ヘタだなんて、本気で言ってるのかと疑いながら、顔を覗き込む。

「わー、どうしよ。義孝、本当にバカ！」

「そう何度も言うな。知ってるから」

「僕がどんなに気持ちよくなってるか……本当に、知らなかったんだ」

　そっとくちびるに触れて、目を伏せる。キスをねだる仕草に誘われ、能見が覆いかぶさってきた。互いのコートを脱がし、服に指をかける。すべて脱ぎ捨てて、二人でベッドの中央へ移動する。

　能見がヘッドボードのスイッチをあれこれ探り、ベッドサイド以外の灯りを消した。

「寒いだろ。布団の中、入ってろ。何か、ＢＧＭ……」

そう言って有線放送のボタンを触り出す。ユウキもその手元を覗き込んだ。チャンネル表がある。

「何がいい。洋楽？　ジャズ？」

「アロハ」

笑いながら、適当なボタンを押す。かかったのはサンバだ。能見がチャンネル表を見て、ハワイアンにかけ直す。

「新婚旅行のカップルみたい」

「そういえば、してないな……。新婚旅行。ごめんな、組の都合で横浜から抜けられなくて。去年の夏みたいに、幹部が慰安旅行へ出れば予定も立てられるんだけどな」

布団の中へ引きずり込まれ、ぎゅっと強く抱き寄せられる。

リゾート気分なハワイアンが流れていることも、すぐに気にならなくなった。待ちきれないように肌を探られ、触りやすいように身体を開く。

「身体中にキスしてやろうか」

笑いかけられ、恥ずかしさを感じながらうなずいた。初めにくちびるへキスが落ち、首筋を滑って鎖骨を吸われる。

「あっ……ん……」

ささやかな刺激でも肌が粟立《あわだ》ち、たまらずに身をよじる。

「あ、待って……そこ、もっと……」

ふわりとくすぐるだけで下りていく能見の髪を摑んだ。

「んー？　おっぱい？」

「……して、欲しい」

素直に訴えると、両手で平らな胸を揉まれた。胸筋でさえささやかだから、肉の厚さだけでいえば能見の方が質量がある。

でも、感度はユウキの方が何倍もいい。肌を吸われ、乳首をいじられただけで、甘い声はひっきりなしに洩れる。

「あ、ぁ……」

「エッチな声……。好きだな、ここ。しばらく自分でいじってろ」

「ぁ……」

手を取られ、胸にあてがわれる。

「ほら、自分で揉んで。乳首、いじって」

重ねた手に促され、我慢できなくなった。ぷくっと立ち上がった自分の乳首を指で押さえ、そろそろと撫で回す。

じわりとした快感に目を閉じると、能見は布団を跳ねのけた。

手のひらが肌を撫で、くちびるが後を追っていく。際どいところは後回しにされて、へその脇や腰骨の上にキスが流れた。

それから足へ行き、身体を横向きにされた後は、背中にも。音を立てて繰り返されるキスは遊びのようだ。軽いスキンシップにも思える。

だけど、その合間にさりげなく撫でられる場所は性的なニュアンスを持っていて、ユウキをせつなく昂《たか》ぶらせた。

背骨をキスで辿《たど》りながら、膝の間から付け根に上がった手がヒップの曲線をなぞる。そっと指先で触れられて、ユウキは小刻みに肌を震わせた。

熱っぽく息を吐き、そこへ指が辿り着くのを待つ。でも、その前に体勢が変わった。うつぶせになった腰を抱かれ、揉みしだかれた肉を開かれる。

能見の息が吹きかかった。

「……やっ……ぁ」

生温かい舌が這うと、敏感な場所はきゅっと狭まる。それが恥ずかしいから、舐められるのは好きじゃない。

でも、拒むのもよがるのもしらじらしく思え、ただ息を乱してやり過ごす。おとなしくしていれば、気持ちよくないのだと思った能見が次の行動に移っていくからだ。

「ぁ……んっ……」

今夜も声をひそめ、シーツを摑んだ。濡れた舌が何度も行き来して、もどかしい愛撫がすぼまりを突く。

唾液《だえき》で濡らされた肌が外気に触れる。ひんやりと冷え、そこへ当たる熱い息づかいに下半身が震えた。

「あっ……、ん!」

足の間を抜けた手に摑まれ、思わずのけぞった。能見の大きな手の中で先端が揉まれ、外気にさらされる。

「勃っちゃって……エロ……」

「あっ……。あっ」

しごかれながら、後ろを舐められる。経験のない行為じゃないのに、音を立てて舐るのが能見だと思うとたまらなかった。

ヒップに顔を埋める姿を想像してしまい、されているのが自分だといういやらしさに身悶える。

「ここを、されるの……嫌いじゃないだろ」

知っていると言いたげに意地悪くささやかれ、指で開いた襞《ひだ》の間に舌が這う。いっそう繊細な粘膜が痺《しび》れ、逃げようとした腰を抱かれた。

「ユウキちゃん。声は?　いやらしい声、俺へのご褒美に出して」

「うっ、ん……やっ」

「もっとエロいの……。みんなに聞かれて困るような声、俺には聞かせたくて、ここに来たんだろ」

能見が話すたびに、息が当たり、言葉の合間に舌が這う。いたずらにねじ込まれてほぐされていく。

「よし、たかっ……。あっ、あっん……ぁ、やだ……。やらし……おと、……やっ……」

言えば、音はいっそう高くなる。しごかれながら舐められて、恥ずかしいのに快感は募る一方だ。

「響くと興奮する?」

「……しな……っい……」

そう答えたが、身体は嘘をつけない。握られたモノがびくびくと脈打ち、先端から透明な先走りが滴る。

「でも、興奮してるだろ」

先端を包んだ能見の手がぬるりと濡れ、動かされるたびに新しい悦が生まれる。それが舌先の愛撫と相まって、ユウキは額をシーツにこすりつけた。

もっと舐めて欲しくて、もっとしごいて欲しくて、もっと、恥ずかしいことを能見の声で言われたくなる。

「だ、って……」

声が震え、息があがる。ゆっくりと手でこすられ、ユウキは熱っぽく悶えた。

「あっ……ぁ……。もう、挿れ……て。ナカせつなぃ……」

指でもアレでもいい。とにかく、もっと強い刺激がよかった。

身勝手なほど激しく扱われ、所有されているという実感の中で喘ぎたい。そう願って、腰をよじる。

「ダメ」

いつもなら喜び勇んでのしかかってくる男が、今日に限って意地悪く答えた。

「おまえ、感じてるだろ。本当はいつも、気持ちよかったんじゃないの？　ここ、舐められたら」

「あっ、あっ……っ」

強く吸いつかれ、のけぞった瞬間に、さっきよりも深い場所に舌が這った。それでもほんの入り口だ。そこを舌先に何度もこすられ、ユウキは前へ逃げた。

能見の両手が太ももを引き戻し、ヒップを両側に開く。

「……あっ、ぁーッ……。だ、めっ……。やだっ、やっ……」

膝も左右に開かれ、能見はいっそう顔を伏せる。際どさを越えて滑稽《こっけい》なほどあからさまにすられ、細く尖ったぬめりで粘液を舐め取られる。変態じみた行為だと慄《おのの》く一方で、ユウキの心は激しく乱れた。

客にならｍ、何度もされてきたことだ。

しつこいほど舐められ、卑猥な言葉で責められ、相手に応じて態度を変えた。恥じらって泣いてみたり、されるのが嬉しくてたまらないふりをしてみたり。

本当に気持ちのいいこともあったし、吐き気がするほど気持ち悪くなることもあった。

そんな記憶がごちゃ混ぜになって甦り、いまは、愛している男にされているのだと実感する。

現在が過去を凌駕《りょうが》して、経験値さえ意味がなくなってしまう。

「よし、たか……っ。義孝……ぁ」

せつなく名前を呼ぶと、胸がきゅっと締まる。心が震えて、溢れたいとしさが、快感に変わる。

これは『プレイ』じゃないと、シーツを摑んで気づく。

男が女のそこを愛撫するように、能見はユウキのそこを愛撫している。気持ちよくなると思うから、気持ちよくさせたいから、息を乱すほど必死になって舐めているのだと、腑《ふ》に落ちた瞬間、腰がぶるぶると震え出す。

「あっ……ぁ、しご、いて……っ。前、してっ」

訴えながら、自分で手を伸ばした。

女のように扱われたら悲しくなると思っていたのに、女しか愛したことのない能見のできる限りをされて、異性に対するのと変わりのない愛情を向けられているのだとわかった。

「あっ、あっ、あっ」

頭をベッドにつけて身体を支えながら、ユウキは両手を使い、自分の下半身をしごいた。その向こうに能見の身体が見え、ぞくりと肌が痺れる。自分の喘ぎ声に重なる、男の荒々しい息づかいに涙が溢れた。

求め合うことの滑稽さが愛しくて、能見となら平気だと心から思う。

「やら……し……」

ユウキは奥歯を噛みしめつつ、能見に向かって言う。

「……んな、とこ、……必死に、なって……」

舌がぐりっと動き、内側を刺激される。

「義孝にされると……こぅふん、するっ……。やらしくて、いい……っ、んっ……ぁ」

射精欲が強まって、ユウキは自分のペースでそこをいじる。焦《じ》らされることもなく確実にのぼり詰め、息を乱して最後のスパートをかける。

「あっ……いくっ……」

溜まった欲望がせり上がり、男の本能が解放される。それに合わせたかのように、いきなり後ろへ指がねじ込まれた。

「ひ……っ。はぁっ……ぁ！」

どくどくと手のひらに向かって流れ出す精液を、内側から押し出すように指が這う。

「あぁ、あぁっ……あ、あっ」

声がひっきりなしに溢れる。

「たっぷり出てるな」

いやらしく笑った能見の片手が、先端を押さえるユウキの手を包んだ。こぼれた精液を受け止め、

「ゆっくり……、上向きに……」

そっと身体を促される。二人の手が離れ、まだ勃ち上がっているユウキの先端が糸を引く。

「このまま、俺の口でもう一回？」

笑いかけられて、ユウキ激しくかぶりを振った。

「む、むりっ……」

「出なくてもいいから、な……」

止める間もなく、能見が顔を伏せる。濡れた先端がぬるっと吸い込まれ、熱い口腔《こうこう》内へ飲まれていく。

「あっ……はっ……」

くすぐったいと思ったのは、一瞬だった。精液で濡れていることも忘れて、ユウキは手で口元を覆った。とっさに手を伸ばしてきた能見は、指を後ろに差し込んだままで腕を伸ばしてティッシュを取る。なのに、拭《ふ》き取る前に手についた精液を舐められた。

「やだっ」

「お掃除フェラしたばっかだ」

「それとこれは、違うの」

睨みつけて手のひらを拭う。

「わかんねーな」

おかしそうに笑いながら、能見はまた身を伏せた。長くて太い指にいじられ、ユウキの身体は熱いまま、また快楽のふちへ落ちていく。

「ユウキ、見て」

ねっとりと舌を絡ませていた能見に呼ばれる。言われるままに見た景色に、ユウキは目を細めた。自分の性器が男のくちびるに包まれる。それだけのことが、ひどくいやらしく思え、生温かな感触に腰が跳ねた。

「女にも、こんなにしてやったことない」

チュポンッと音を鳴らしてくちびるを離し、能見は照れたように笑いながらも自信満々だ。そんな姿をバカだなと思う。

バカバカしくて可笑しくて、自分がいままで経験してきたすべてのセックスとは比べものにならない。

好きだと思って抱かれた相手もいる。好かれていると思ったこともある。だけど、こんなふうにされたことはない。

ユウキの身体を使って気持ちよくなるのでも、ユウキの身体をいじって泣かせるのでもなく、ただ裸で抱き合って、柔らかな場所と硬い場所が自然にくっついていく。

「いままでの相手と、比べてるの？」

わかっていて拗ねたふりをすると、へらへら笑った能見の腕が腰に回った。昂ぶった先端が、汗ばんだユウキの肌に線を引く。

「比べてる。俺史上最大に好きだと思ってる」

ふざけた能見は指を抜いて身体を離し、ユウキの腕を摑んで引き起こした。顔のそばに能見の先端が近づいてくる。ユウキは指を使わずにくちびるで誘い、求められるままに口へ含む。

能見が感じ入った息を吐いた。それから、優しく撫でた髪を耳にかけられる。

「俺の味、する？」

「……うん。する、よ」

根元から舌を這わせ、くちびるをすべらせる。脈打つように揺れるそれはときどき逃げていき、ユウキは恥ずかしげもなく追いかけた。

「……こんなに」

言いかけてくちごもったが、能見に先を促される。

「どうして……、こんなに、したいって……」

思うのかなとまで続かず、根元を押さえて深くくわえ込んだ。

苦しくなるギリギリいっぱいまで受け入れ、ゆっくりと頭を動かす。

「やっぱ、うまいよ……。ユウキ。きもちいい」

能見の感想は、ただの感嘆だ。元男娼だからというニュアンスはまるでなく、恋人の愛撫で快感を得る幸福感だけが滲んでいる。

「おまえは、上も下もハンパない……」

そういう相手でよかったと言いたげな能見の声に、ユウキの胸はせつなくなる。満足させているという安堵感と不思議な誇らしさに、ユウキの身体はぞくぞくと震えた。

甘い興奮に脳が痺れ、身体の奥がじんわりとした熱さを訴える。

「も……挿れよっか」

髪を引かれ、くちびるから遠ざかる能見自身が恋しい。昂ぶりを追いかけようとした身体はベッドに倒され、キスをされながら乳首をいじられる。

膝が左右に押し開かれ、その間へ、能見の身体が進んできた。

渇望を埋められる期待感に胸が膨らみ、実際に背中を反らした。離れていくくちびるを指でなぞる。舌でちらりと舐められ、腰が疼いた。

指では届かなかった場所が能見を待ち望み、ユウキは激しい興奮を持て余す。

「あっ、……ぁん」

柔らかくほどけた場所に、硬い肉がぴったりと押し当たった。狭さを掻き分けながらめり込んでくる。

「んんっ……」

いつもなら、そこで一旦のブレスが入り、呼吸を合わせてさらに進むのだが、今夜の能見は違っていた。

顔を覗き込まれ、意図を察する。狭い突入口を抜けた熱の塊はズズッと進み、ユウキをぎっしりと埋める杭《くい》が遠慮なく内壁を押し広げていく。

苦しさに悶え、抗《あらが》いがたい快感に身を委ねる。否定する理由はどこにもなかった。

能見が与えてくれる悦は、能見が感じる悦でもある。

それなら、すべてを受け止めて、すべてを与えたい。

だから、首筋に両腕を絡めてしがみつき、さらに大きく足を開いた。さらけ出した場所を腰でぐいっと押し上げた能見の腕が、ユウキの腰を摑んで引き寄せる。

「あ、あっ……！」

大きく叫んで、ユウキはいっそう強くしがみついた。

「あ……、すっげ」

能見が激しく息を吐く。

「吸われてる……。あぁ、も……すごっ……」

耳元で熱っぽくささやかれ、ユウキの身体が熱を孕《はら》む。汗ばんだ肌はフルフルと震え、ズキズキと脈打つ内壁が能見を欲しがった。

「あ、あぁっ……ぁ！」

能見に突き上げられ、身体が弾ける。ユウキの下腹の奥で、パンパンに膨らんでいた欲情が膜を破り、甘くせつない熱が滴るように溢れ出す。

「ん……んんっ！」

絡め取られたのは、ユウキだけじゃない。能見も激しく腰を振る。浅く深く、濡れた場所へと一心不乱になって熱杭を打ち込む。

「もっと、して……っ」

ねだったユウキのこめかみを、能見の両手が摑んだ。

いままでとは違うとわかってしまうのだろう。にやっと笑い、さらに激しく突き上げられる。

能見の好きに動いて欲しいからせがむのではなかった。ただ自分が気持ちよくなりたくて、もっと感じる場所を責めて欲しくて、欲をさらしたユウキは腰をひねってヒップを上げる。

「あっ……、いい、よした、か……っ、いいっ」

結合の角度が変わり、先端でゴリゴリと奥を刺激される。

「すっげ、やらし……」

ユウキの身体が緊張すると、能見の手は胸へ這った。乳首を撫でられ、押し込まれ、ユウキはいじられるたびに腰を揺らす。

「ユウキ」

欲情に爛《ただ》れた声で呼ばれ、濡れた瞳で見つめ返す。

「……もっと、いじって」

口にすると、身体の奥がぎゅっとすぼまる。律動しながら狭くなる内壁に抗っていた能見が、浅い息を繰り返した。

「……何も、できなくて、ごめんな」

眉根を引き絞った苦悶《くもん》の表情で言われ、背中をそらして喘いだユウキは、自分の口元へ腕を押しつけた。能見の責めは止まらない。

「な、に……？」

「樺山さんの、依頼も……、組のことも……ろくにできなくて」

「義孝……っ」

動きながら言われて、頭が動かない。わざと、こんなときに言っているのだと気づいても、気持ちよくなってしまってからでは身体の欲求を抑えきれなかった。

「あ、あっ……ん」

「奥さんにも、迷惑かけて……。おまえにも……俺は……っ」

「ちょっ……、ま、って……ぁ、あん、あっ、あっ！」

ぐいぐいと押し上げられ、激しく揺すられる。鬱屈《うっくつ》した感情をぶつけられ、ユウキの心は悶えた。

身体も激しく反応する。膝が震え、内ももが細やかに波立つ。

「あっ、あっ……、い、くっ……いっ、ちゃ……、あーっ……」

背中がぐっと反り返り、甘い収縮の後、腰の奥から快感が滲み出す。

「……よし、たかっ……はっ、ぁ……」

まだ動くつもりの腰を、なんとか手のひらで押し返す。

「はな、し……させっ……」

「……気にするな」

「する、でしょ！」

バチンと肩を叩く。苦々しい顔でうつむいた男は、それでも下半身を萎えさせない。睨みつけると、へらっと笑った。

ごまかしたいほどの落胆を感じているなら、見逃せない。

「……今回の、こと？」

「俺は、佐和紀みたいにも、岩下さんみたいにも、できない」

「あの二人は、特別っていうか……。やだなぁ」

首に腕を回し、身体を起こす。繋がったままで、能見の足に乗り上げる。対面座位の格好で、顔を覗いた。

「ならないでよ。あんなの」

そっと頬にくちびるを押し当てる。精悍《せいかん》な顔の、子供っぽい憂いを、できることならすべて舐め取ってしまいたかった。

でも、そんなことは不可能だ。

「ホンモノにはならないで。……組織に入ればね、足抜けは今より難しいよ」

「俺だってヤクザの端くれだ」

そうは言うが、どっちつかずの戸惑いは隠せていない。

「そう……端くれ。真ん中にはいない」

「それじゃあ、男って言えないだろ」

「ヤクザが男の生き方なの？」

頬を包んで、瞳の奥を覗き込む。

「極端にならないで。うまくできないことが、いいこともあるよ。……利用するのが、イヤなの？」

今回のことは、ユウキが想像する以上に複雑だった。能見一人で対処できなかったのは、力不足だけが理由でもないだろう。

「義孝。この世界で生きていくなら、そうするしかないこともある」

肩を掴み、ユウキは腰を上げる。小刻みに動くと、能見の眉根にシワが刻まれる。

「ユウキ……っ」

「どうやって生きるか。これから、二人で考えよう？」

見つめ返してくる瞳に向かって微笑んだ。

「ついてこいと言われたら、喜んで一緒に行く。でもね、義孝。僕の意見も聞いてくれるなら、遠野組には骨を埋めないで」

「どうして」

ユウキの腰の後ろに手を回した能見は、柔らかなピストンの動きをコントロールしようとする。ユウキが腰を回し、能見が鷹揚《おうよう》に腰を振り、たゆたうように揺らめき合う。

「……僕らには、大悟さんがいるから」

「あぁ……」

能見が困ったように眉尻を下げる。ユウキは眉の端っこにキスをした。

「家族だよ、あの人も。意地悪してるけど、義孝のことは好きだ」

「嘘つけ」

「嘘じゃない。だって、僕の旦那さまだもん。ないがしろにするわけないでしょ」

笑いかけて、くちびるにキスをした。

「……義孝は、もっと自分のことを考えて。自分の人生のことも、考えて。僕らは、どこにでも行ける。……望めば、行けるでしょ？」

首へと腕を回し、もっと深いキスをねだる。開いたくちびるから見せた舌先で誘うと、能見が顔を近づけてきた。

舌先が絡み、お互いのくちびるを吸う。頬や首筋をキスでなぞられ、ユウキは能見の髪に指を潜らせた。そっと抱き寄せる。

胸の奥が震えて、涙が込み上げた。

人生のことを考える。

その一言で胸がいっぱいになって、能見に対する愛情がとめどもなく溢れた。

人生のことを考えても、もう一人じゃない。能見もユウキも、そこに伴侶《はんりょ》のことを想い、そして悩む。

「義孝……。きもちよく、なってきちゃった……。動いて……」

甘くねだり、

「好き……大好き……」

汗ばんだ熱い身体を抱きしめる。

幸せの次には必ず不幸が来ると知っている。でも、その大小はさまざまだ。取るに足らない不幸を恐れて、能見の手を離してどうなるだろう。たとえ、自分には不幸が似合っているのだとしても、それを能見には押しつけられない。

もうとっくに、二人で生きているから。

だから、幸せは大きく、不幸はより小さくやり過ごす術を身につけたい。そして、能見が弱ったときには、かばってやれる自分になりたい。

「ユウキ、中に出していい？」

「……うん」

二人の視線が絡み、ユウキはせつなくなる。甘い痛みは幸福の証《あかし》だ。

それもまた、幸せの裏にある、小さな不幸に違いない。そんなふうにたわいもない代償なのだと、ユウキはようやく気づく。

長い人生の中では、ドラマチックにならないまま、平凡で終わる事象もある。

「もっと、して……」

興奮していく能見の激しさを受け止め、今夜もまた、ユウキは心の深い場所を開いた。

＊＊＊

車のエンジン音に気づいたユウキは玄関を出た。助手席へ乗り込もうとしていた周平が動きを止める。

「周平。もう帰るの？」

まだ九時だというのに、みんな動きが早い。能見と佐和紀も、早々に延岡興業の事務所へ向かった。

「佐和紀だって、昼には一緒に帰れるよ。本当に、なんのために来たの？」

「おまえらの様子を見に来たわけじゃない。俺には俺の仕事があるんだ」

車から離れた周平が笑う。

「嫁の面倒を見る以外の？」

「これでも、若頭補佐だ」

「知ってるけど……。あのね。……ありがとう」

両手を膝の前で揃えて、頭を下げる。

「僕の旦那が、ご迷惑をおかけしました」

「新妻だな。俺が独り身なら、寝取ってやったのに」

「やめてよ。うちのは太刀打《たちう》ちできないから。……構成員にならないと、うまく立ち回れないと思ってたみたい。ほんと、バカだよね。意外に世間を知らないの」

「そう厳しいことを言ってやるなよ。おまえも能見も、まったくのカタギに戻るのは難しいからな。それならいっそ、ってところだろう」

「いまさら団地妻にはねぇ……なれないもんね。だから、二人で生計を立てたいと思ってる。そのためなら、樺山さんの籍を出ても……」

「それは絶対に、本人には言うなよ」

周平にたしなめられ、ユウキは目を丸くした。いけないことだろうか。ちゃんと自立すれば喜ばしいはずだ。

「おまえも世間知らずだよ。樺山さんがそんな覚悟で養子にしたと思ってんのか。あの人が心配してるのは、残してやる遺産にヤクザがタカらないかってことだ。……能見と二人で暮らすのはともかく、籍を抜くなんて言うな。能見が殺されるぞ」

「やだなぁ、冗談……でしょ？　違うの……？」

「おまえが知らないのは、男心だな」

「知ってるよ、そんなの！」

「男の泣きどころじゃないぞ？」

からかわれて、ムッとする。睨み返しながら、

「僕にできることって、ある？」

　ストレートに問いかけた。

　言葉にこそしなかったが、周平の手持ちのカードの中に、やれる仕事があるならもらいたいのだ。能見のためにも、自分たちが自由にできる金は多い方がいい。

「……反対に、おまえはどうしたい」

　仕事の目つきになった周平は、ニヒルな笑みをくちびるに浮かべる。

「身を投げ出すような危ない真似はするな。それが武器になると思うなら、もっとうまく使えよ。そうじゃないと、能見の苦労が水の泡になる」

「……やってるよ。気をつけてる」

「そのくせ、天真にはノコノコ会いに行ったんだろ？　抱かれるつもりだったのか。比べたって、能見が勝つに決まってんだろ。テクニックじゃなくて、心だ」

　言うことが、まるで佐和紀と同じだ。おかしくて笑いを嚙み殺す。

「うまいよ、義孝は」

「それはおまえが惚《ほ》れてるからだ。どんなことをされたって快感になる。ドラッグには近づくな。俺がした苦労を、能見にはさせたくない」

　言われて、背筋がぞくりと震える。

「おまえはほとんど覚えてないんだ。もしくは、いい思い出で上書きされてる」

「気を、つける。でも……、ごめんなさい。最後に、ケジメつけたいから」

「また会いに行くのか」

呆《あき》れた表情の周平が、片眉をぴくりと動かす。

「岡村をね、貸してくれない？　一緒に行って欲しい」

「筋を通すべき相手でもないと思うけどな。まぁ、いいだろう……。一時間程度で戻ってこい」

「わかった。ありがとう」

岡村へ声をかけようとしたユウキは、周平に引き止められて振り向く。

「ユウキ。俺とおまえにとって、今、手の中にあるものは、奇跡のような幸福だ」

周平の言葉に、隠れ見たセックスが浮かぶ。

ユウキの知らない顔をした周平は、佐和紀を抱きながら、佐和紀に受け入れられ、全身に幸福感を溢れさせていた。

佐和紀は、周平ほどの男さえ甘えさせてしまう。

「それがたとえ、メッキの奇跡だとしてもいいだろう。本物かどうかじゃなくて、本物だと信じることだ。そうすれば、剝がれるまでは幸せでいられる」

「この幸福は本物だよ。メッキなんかじゃない」

ユウキは首を振って答えた。

能見はメッキを貼《は》れるほど器用な男じゃない。

昨日の夜、ユウキは勢いに任せ、若いままではいられない容姿についての不安も口にしようとした。でも、それは言わず終いだ。

それよりも先に、能見の方が、自分の筋力の衰えが心配だとぼやいたからだ。

あと何十年抱けるかなと能天気に心配する相手に、ユウキの不安は吹き飛んだ。この先、何十年も抱くつもりでいる能見は、ユウキが年老いることも理解した上で、それはそれでかわいいだろうとのんきな妄想をしていた。

もしも、ある日突然に恋心が冷めても、その頃にはすっかり情が絡んだ二人になっているはずだ。肩を並べた鏡の前で、ユウキは目尻のシワを、能見は筋肉の大きさを、お互いに唸りながら眺めている気がする。

そんな想像さえできる幸せがメッキであるはずがない。

まっすぐに見つめるユウキの視線を受け、周平が眼鏡越しに目を細める。

「それなら、不幸をちらつかせて愛情を試すようなことをするな。能見の愛情も、おまえ自身の愛情もだ」

心の深いところへ切り込まれ、周平にはかなわないと思う。

メッキじゃないならなおさら、試すたびにすり減っていくものがある。大事なものはたいせつにしなければいけないのだ。

疑えば本物も偽物になる。

幸せも、能見の心も、信じていれば揺るがない。

不幸だから幸せになれるわけじゃないのだと、ユウキはようやく納得して、それを周平に教えられる悔しさにくちびるを噛む。

長いコートの裾《すそ》を揺らした周平が、からかうような笑みを浮かべた。いつもの冷淡さは微塵も揺るがない。眼鏡の奥にある瞳は冷たく冴《さ》え、心まで冷える。

これが周平だと改めて思い知らされた。佐和紀にだけ特別な男だ。

「元愛人には、何をしてやるつもりもない。でも、佐和紀の友人には手を貸す。それが佐和紀の望みなら」

不本意だと言わんばかりに眉をひそめ、周平は岡村を呼びつける。ユウキは首を傾げ、

「ねぇ、そう釘《くぎ》を刺しておけって、佐和紀に頼まれたの？」

答えないとわかっていて、背中へ問いかけた。

だとしたら、言われるままにユウキを気づかう周平は、佐和紀に甘すぎる。そう思った。

6

能見と同行すると言った佐和紀は、派手なスカジャンのポケットに手を入れ、横柄な態度でガムを噛む。退屈さを隠そうともせず、付き合っている。

延岡興業の社長はけげんそうに眉をひそめたが、愛想のない挨拶《あいさつ》を投げかけられて態度を軟化させた。

それがどういう仕組みなのか、能見にはわからない。目からビームでも出しているんじゃないかと思えるほど、佐和紀の一瞥《いちべつ》は効果がある。特に年配の男にはよく効くのだ。

わからないことを考えるのはよそうと決めて、能見は自分の仕事を済ませた。

事情を簡単に説明して、尚貴と楓果を引き取る。天真がクスリの売人だということも告げ、今後は付き合わないようにと念を押した。

それで二人の受け取りは終わった。事務所を出た後は、石垣と門下生に尚貴を任せ、能見は佐和紀と楓果を連れて喫茶店へ入る。

壁際のボックス席を選んで楓果を壁際へ座らせると、佐和紀が道を塞《ふさ》ぐように並ぶ。能見は向かい側だ。

「あの人、だいじょうぶだった？」

ストロベリーサンデーを目の前に、楓果はまるで悪びれない。

「私がクスリを飲ませた人。天真に言われたよりも少なくしたけど……」

くちびるの端は切れ、髪で隠してはいるが、左のこめかみにも大きな青あざが広がっている。顔だけではなく、身体にもあるのだろう。ソファにもたれて座る仕草も歪んでいた。

「病院に担ぎ込まれて、点滴治療中だ。今日退院する」

能見が答えると、ホッとしたように肩を落とす。

「ごめんね。ちゃんとやらないと、天真はすぐに気づくから」

その言葉に佐和紀が顔を上げた。

「戻らなくてもよかったんじゃないのか。かなり殴られただろう」

「……でも」

楓果は暗い表情でうつむく。貝原組の事務所で楓果と二人になったとき、佐和紀はすでに彼女の問題を見抜いていた。

天真から暴力を受けていることに気づき、盗んだブツを隠している場所も聞き出していたのだ。それは早々に回収され、もうすでに横浜へ運ばれているという。

佐和紀と楓果に騙された能見は、すっかり担がれていたのだ。

言い淀む楓果を見た佐和紀は、責めるように目を細めた。

「呆れる。殴られたら痛いのもわかってるのに」

「私が悪いから……。天真の言う通りにできなくて」

「なんのために戻ったんだ」

能見は素朴な疑問を口にした。

天真にそそのかされて盗んだクスリを佐和紀に預けたなら、わざわざ戻らなくてもよかったはずだ。しかも尚貴を連れていた。

「……尚貴の、お母さんの指輪……、天真が、持ってて。エンゲージだったたって、そんなこと、いまになって尚貴が言うから」

「取りに戻ったのか」

「私が言っても返してくれないし、尚貴を連れていったの。天真は、尚貴には『いい人』してたから。あの人、バカでしょ。お坊ちゃんで……、すぐに騙されるの。私を殴ったのも、ヤクザがやったんだって思ってる。……駆け落ちしたのもね、会社のお金に手をつけたからなんだよ」

「それも天真の差し金か。……もしかして、貯金の一千万」

「うん、そう。尚貴のカードは、使うと居場所がわかっちゃうでしょ？　ほとんど定期だから、すぐにおろせないし。だから、新しく口座を作って、ヤクザには貯金だってことにしたの」

「すげぇな」

正直な感想だ。能見はコーヒーを一口飲み、息をついた。

これでヤクザじゃないというのだから、カタギの悪党の方がよっぽど恐ろしい。

「天真はどうして手を引いたんだ」

佐和紀が割って入ると、楓果はびくっと身をすくませた。それだけで、楓果に対して佐和紀の取った方法がわかる。

楓果は視線をさまよわせ、おどおどと口を開く。

「よくわからないけど、こわい人が来たみたい。昔、ひどい目に遭わされたって。ヤクザだと思う」

「へぇ……」

佐和紀はふっと視線をそらした。自分のクリームソーダをスプーンでつつく。

楓果が言っているのは、間違いなく、周平のことだ。

「尚貴、どうしてる？　家の人に、連絡ついたかな」

楓果からおずおずと聞かれ、

「今日中に迎えが来る」

能見が答えた。

「もう連れ出すなよ。……本気じゃないんだろ」

「決まってるじゃない。それより、天真は見つからないの？」

「あんた、自分のことは心配じゃないのか」

「……そっか。返したことにはならないんだよね」

「ひどいことにならないように、口添えはするけど……」

能見は答えに詰まりながら佐和紀を見た。アイスを食べていた佐和紀が振り向く。

「自分がしたこと、わかってるだろ？　ヤクザを一人、クスリ漬けにしてる。相手は、本当に一人か？」

「……名前をね、知らないの」

楓果はぼんやりと答えた。

自分の置かれている状況を理解しているとも思えない。物憂げな瞳が落ち着いて見えるのは、考えることに疲れ切っているせいだ。

「楓果。おまえ、天真の居場所を知ってるだろ」

佐和紀の手が楓果のあごを引き寄せる。びくっと身をすくめた楓果は、浅い息を繰り返した。

「こっち、見て。ほら」

まるでスイッチでもあるかのように、楓果は急に怯《おび》えた顔になった。せわしなくまばたきを繰り返す。

「殴んないよ、俺は。女は殴らない。……天真は、どこにいる?」

「知らない……。ごめんなさい、本当に、知らない……」

楓果の目が潤んで、次の瞬間には涙がポロポロこぼれ出す。

「最後に、尚貴と会うか」

佐和紀の言葉を耳にした途端、ワッと声をあげて泣いた。泣きじゃくる声は驚くほど大きい。店内の注目を一身に集めても、佐和紀は動じなかった。

能見だけが周りを気にして焦る。それがいっそう、女を泣かせる悪い男に見えるのか、非難がましい客の視線は能見だけに集まった。

＊＊＊

ユウキが天真に呼び出された公園は、海が見える高台にあった。冷たい風が吹いていたが、波立つ海にかかる日差しだけは不思議と春めいている。

連絡は、周平に声をかける寸前に入ってきた。いつまででも待ってるよと言われたが、それを本気にしてはいない。

ある程度待って来なければあきらめる。その程度の常套句《じょうとうく》だ。

公園のすぐ脇にある駐車場には、天真が乗ってきたのだろうレンタカーが一台だけ停まっていた。

離れた場所に駐車すると、岡村も車から降りる。

「寒いから、いいのに」

「もしものことがあると困るだろ」

「なに、もしもって。こんなとこでレイプとか？」

肩をすくめてみせたが、それもあり得ると思っているのだろう。

岡村は最近、やけに印象がよくなった。その最たる理由は服装だ。安物のスーツばかりを着て、わざとダサく振る舞っていたのに、会うたびに見違えるほど高級なものを身につけている。

しかも、それが似合っているのだ。あれこれ関係を持たなければいけなかった頃にこれだったなら少しはマシだったのにと思いながら、ユウキは階段を上がった。

白い展望台の向こうに海が広がっている。

開放的な景色を背に、暖かそうなダウンジャケットを着た天真は、ポケットに手を入れて立っていた。

岡村をそこに残し、足早に近づく。

「お待たせ」

声をかけると、天真はいつもの笑顔で振り向いた。爽やかな穏やかさがあり、瞳は甘く澄んでいる。彼の内面を知らなければ、好意を持たれていることに心が浮き立つような、爽やかなまなざしだ。

「周平がこわくて逃げたの？」

笑って尋ねると、天真はおもしろくなさそうに顔を歪めた。くちびるを引き結ぶ。

「悪いことをしなければ、何もしないよ」

「……おまえを連れて逃げたら、怒るだろう」

「いまさら気にもかけないよ。もう商品じゃないからね。それより、僕の旦那が怒る」

「使えない三下ヤクザか」

ぴしゃりと言って、天真は鼻で笑った。

「あんな男のどこがいいんだ。殴らないから？　優しいから？」

一歩ずつ近づかれて、一歩ずつ後ずさる。伸ばされた手を、ユウキは思いきり振り払った。

「バカだから！」

叫び返す。

「バカ正直で、計算ができなくて、真面目《まじめ》なのに悪ふざけばっかりなところが好きなんだよ！」

「最低だろ。それ。……俺とおいでよ。ユウキ」

手のひらを差し出され、ユウキは静かに首を振った。

「どうして行くと思うの」

「おまえはまだ俺を好きだからだ。目を見ればわかるよ。俺としたセックス、忘れてないだろ」

「……あれは」

クスリがキマッていただけだ。でも、それを考えると、身体が依存していた頃の感覚を思い出す。

何をどうされても気持ちが良くて、何度も何度も求め合った。脳内物質が溢れ出したときの多幸感が身の内に甦り、ユウキは息を呑む。

依存した記憶で、胸の奥が揺さぶられる。耽溺《たんでき》することは快楽だ。

苦しいことを忘れられるし、先のことも考えなくていい。

「ユウキは気づいてないと思ってたんだけどなぁ。この前の夜の反応でがっかりした。でも、それならそれでいいよな。……また一緒にキメよう。おまえのことは、殴らないから」

「……楓果はどうするの」

「あー、あれはもうダメだ」

天真はあっさりと言った。

「手垢《てあか》がつきすぎた。ヤクザの仕込みなら、おまえみたいにイイかと思ったけど、手間ばっかりかかる」

屈託のない微笑みを浮かべる天真は、楓果のことを電池の取り替えられないおもちゃ程度にしか考えていない。

「なぁ、ユウキ。おまえらがブツを取ったんだろう。どうでもいいけど見事だよ。楓果につけ込んだのは誰だろう？　あいつは、ちょっと脅しただけでも言うこと聞くようになってんだけどさ、それでも、操るのはそう簡単じゃないんだよなぁ」

「女を、なんだと思って……」

「あれが女？　あー、確かにおっぱいとアソコはあるけど、抱くのも面倒なぐらい汚れてるよ。そのくせ、ちょっとほっとくと腕に切り傷作ってさ。あてつけがましいんだよ。その点、おまえはよかった」

「……天真。いままでは、運が良かっただけなんだよ」

「は？　何それ」

荒んだ口調とは裏腹に、澄んだ瞳でにこりと笑う。

この男は、どこかが壊れている。そのうすら寒さに後ずさると、天真はずかずかと近づいてきた。強引に抱き寄せられる。突き放すと両肩を摑まれ、激しく揺さぶられる。

「あれは、俺のブツだ。ヤクザが横取りしていいもんじゃねぇんだよ」

「あきらめて。少しは金を手に入れたんだろ。それでマトモに暮らして……」

「俺に汗水垂らして働けって言うのか。説教するなよ。……男に足開いて、変態行為してるだけで金をもらってたくせに。おまえの旦那も出し渋るし、最低だよ。……ユウキ、貯金はいくらある？」

「……もういい。僕はただ」

きれいな思い出をくれた天真に、最後のお別れを言いたかっただけだ。でも、ユウキがかつて好きだった男はどこにもいない。

それ自体、幻だったのだ。

ユウキがときどき思い出して眺めた優しい記憶さえ、周平が切り取って渡しただけの断片に過ぎなかった。薄汚れた真実の中の、ほんのひとかけらの無垢《むく》は、ユウキの願望だったのかもしれない。

「あの男はおまえの過去を知ってるのか。いくらバカなヤクザでも、知れば反吐《へど》が出るだろう。風俗嬢より汚ねぇもんな。俺が洗いざらい話してやろうか」

「好きにすれば？　ぜんぶ、知ってるから。それでも僕を、人間として扱ってくれる男だよ。バカでも、あんたよりはずっとマトモだから！」

ユウキの怒鳴り声にきょとんとした後で、天真はげらげらと笑い出した。

「それなら、地獄を見るのはこれからだ。ユウキ、後悔するよ？　かわいそうにね」

優しい口ぶりで、天真は声をひそめる。眉根を寄せ、悲しげな表情まで作る。

「アレはノンケだろ？　荷が重すぎるよ。ふと我に返ったとき、おまえのことをどう思うかな？　おまえさ、自分のこと、マトモだと思ってんの？　俺のこと、言えないだろ」

憐《あわ》れむように目を伏せ、

「楓果よりも酷い人生だよな？　こうやって服着て、外を歩いてるのがおかしいぐらいだ。……おまえは裸で飼われるペットだろ。人間の言葉なんか、なんで話してるんだ。喘いでろよ。それしかなくていいだろ」

呪《のろ》いをかけるような言葉が、天真の口からするすると流れ出る。同じことを楓果にもしたのだろう。

人の心を弱らせ、そこへつけ込んで支配する。

「あの男も、地獄に落ちるぞ」

言われた瞬間、ユウキは手を振り上げた。天真の頬を思いきり引っぱたく。

とっさにやり返され、立っていられずに崩れ落ちる。

蹴り上げられそうになり、転がり逃げた。

「二人で行ける地獄なら、喜んで行く！　義孝となら！」

叫んだ視界の端に、駆け寄る岡村が見えた。

舌打ちをした天真は、暗く淀んだ雰囲気をまき散らしてユウキから離れる。そのまま、

振り返りもせずに逃げ出した。

「何を、してるんだか……」

岡村から手を差し出され、素直に摑まって立ち上がる。コートについた砂を払われた。

「いい記憶なんて、もういらないから」

「……そうか」

「ねぇ、岡村。佐和紀のやり口ってね、周平が教えてるんじゃないよね」

値段の張りそうなコートを摑んで、顔を見上げる。相談を受け、知恵を与えているのはこの男だ。

「デートクラブのシノギで忙しいんじゃないの？　その片手間に佐和紀の面倒まで見て……、よっぽど好きなんだねぇー」

からかって笑うと、迷惑そうに眉をひそめた。

「これも仕事だ」

「そう言えばカッコがつくと思ってるの？　僕と寝たのも、仕事だもんね」

「仕事じゃなきゃ勃たないだろ」

岡村はますます不機嫌な顔になる。

「佐和紀に知られたくない？」

「知ってるよ、あの人は」

「ふぅん。嫁に来たばっかりの頃は、僕に何を言われてもショック受けた顔してたのにね。いまとなっては……」

「あのときも、やり返されてただろう」

忘れるなと笑われて思い出す。

「……そうだった。元からあぁいう性格なんだよね。……ねぇ、岡村。昔の僕なら、天真についていったかな」

本性に目を伏せて、またクスリに溺《おぼ》れただろうか。

「どうせアニキに連れ戻される。俺が貧乏くじ引かされるから、やめてくれ。変な気を起こすのは」

「……懐かしいね」

「最低な思い出だから、懐かしくもなんともない」

岡村の返事はそっけない。その程度の仲だ。

天真と使ったクスリが抜けた後で、周平はユウキの恋心が自分の方へ向くように仕掛けた。

でも、荒れていた頃のユウキを任されたのは岡村だ。その後も、面倒なところはすべて押しつけられていた。

「さっきね。久しぶりに、これでもかって罵《ののし》られた。天真に」

「……強く生きろよ」

「お互いにね」

ユウキは笑ったが、岡村はため息をつくばかりだ。周平に命じられて何度も寝た仲だが、二人の間には友情さえ芽生えたことがない。

駐車場にクラクションが響き、何ごとかと見下ろすと、車の運転席から降りた能見が大きく手を振っていた。そのまま一目散に駆けてくる。

「ユウキ。能見さんは俺をライバル視してないか……」

「偉そうだからだよ」

「俺のどこが。誤解は解いてくれ」

「できれば、とっくにしてる」

そうこうしている間に能見がやってきて、ユウキはしっかりと抱き寄せられた。その寸前まで睨まれていた岡村は、何も言わずにその場を離れる。

「どうして、岡村さんといるんだよ」

「……天真にケジメつけた。もういい思い出じゃない」

「何もされな……」

顔を両手で包んだ能見がくちごもる。殴られた頰が赤くなってるのだろう。

「岡村さん！　あんた、面倒見てくれるなら、ちゃんとしてくれよ！」

岡村の背中に、能見が叫ぶ。

「あ、あっ！」

ユウキは慌てて取りすがった。

「違う、違う。そういうことは、岡村の仕事じゃないから」

「ないから、じゃない！」

声を荒らげた能見の前に、岡村が靴を鳴らして戻る。

「あんたの命令を聞く筋合いはない。佐和紀さんの友人だとしても。ユウキのことをちゃんと見てやれって、結婚式のときにも言っただろ」

「なんで、あんたに言われるんだよ！」

「他意はないけど」

「義孝……。岡村はほんっとうに、単なる仕事の相手だから」

「信じられない」

「おまえの嫁は、おまえが思うほどモテてないから」

岡村の余計な一言で、能見のこめかみに青筋が立つ。どうにも相性の悪い二人だ。

「奥さんに、相手にされないからって……っ」

「それ、言っちゃ、だめっ……」

能見にしがみつき、口を塞ごうと手を伸ばしたが、間に合わない。岡村のこめかみもぴくぴくと痙攣した。

「相手にされないんじゃない。節度を守ってるんだ」

「岡村も、相手にしないでって……。あぁ、もうっ。佐和紀に言うよ！　二人とも！」

岡村が身を引き、能見は舌打ちをする。どちらもそれぞれ、佐和紀のおそろしさを知っている。

「義孝。本当にやめてよ。岡村なんかと誤解される僕の身にもなって」

「だってさ……」

「ヤキモチをやく相手を間違ってる」

「俺は先に帰るから。能見さんの車で戻れよ」

岡村が手をあげて去っていく。また舌打ちをする能見の腕に、ユウキはそっと寄り添う。

「怒んないでよ……」

見当はずれの嫉妬でも、されれば嬉しいだけだった。


天真との詳しいやり取りを話さなかったのは、言われたことが余すことなく真実だったのと、相手が盛り上がったほどには憤りも感じずショックも受けなかったからだ。

前の晩に見せつけられた周平のセックスと、その後に堪能《たんのう》した能見とのセックスで、心の中の劣等感なんて吹き飛んで跡形もない。

店を辞めた後も周平との繋がりがあるとわかれば、天真はこれからも近づいてこないだろう。

「ちょっと、トイレな」

楓果を泊まらせているホテルの部屋の、ツインベッドの片側に腰かけていた能見がバスルームに消える。テレビのニュースを見ていたユウキは視線を動かした。

そこには楓果がいる。洗いたての髪を指に巻いてはほどき、ぼんやりとしたまなざしをテレビへ向けている。

今夜は、能見とユウキで見張ることになっていた。尚貴を迎えに来る先方の段取りが悪く、明日まで新潟に足止めされることになったからだ。二人を別々に連れ帰るとなれば、どちらかを佐和紀に頼まなければならないので、自然とこうなった。

楓果は佐和紀を怖がっているし、尚貴は都合上、ヤクザ関係者には任せられない。

「身体を売ってたって、本当？」

いきなり聞かれたが、ユウキは驚かなかった。

楓果の目はどこか焦点が合っていない。心の片隅はすでに壊れているのに、当の本人が気づいていないのだ。

身体と心への暴力に慣れ、普通のふりをしていることが自分に残された最後の人間らしさだと思っているのだろう。そういう感情には覚えがある。

「天真から？」

「うん。尚貴の親から金を引っ張ったら、次はあんたを使って商売をするって……」

「そっか」

浅はかな考えだ。楽して稼ぐことを覚えた天真は、その浅慮で少しずつ深みにハマっていくだろう。

失敗を恐れているうちはいいが、だいそれたことを実行できる自分に酔い始めたら、そろそろアウトだ。

「でも、あんたは大丈夫そうだね。あの男、カレシなんでしょ」

もう少し太った方がかわいく見えるだろう楓果は、能見が消えたユニットバスへ目を向けた。

「あれね、旦那さん」

「結婚しているんだ」

目を丸くしたところへ、能見が出てくる。楓果は驚いたままで笑い出した。

「いいね、男同士って。単純そう。……なんで、女になんか生まれたんだろう、私……。同じことになったとしても、男に生まれたかった……」

両手で顔を覆い、楓果は肩を震わせる。

「どっちに生まれるかなんて、誰にも選べないだろう」

能見の言葉に、ふるふると髪を揺らす。

「死んだら、もう生まれ変わりたくない。……もう、やだ」

「河島の坊ちゃんだけどな、あんたとの手切れ金を用意してくれって、親に食い下がったらしいよ。明日、いくらか包んでくれるだろうから。おまえはそれを持って、横浜へ行けばいい。手ぶらよりはいくらもマシだ」

「そんなの、どうでもいい。……尚貴の盗んだお金だって、どうにかしないといけないのに」

「そっちはどうにでもなる。縁故で入った会社だって話だから、まとまるだろ。……本当に、会わなくていいのか」

「うん。会えば、いい思い出じゃなくなる」

それが誰にとってなのか、ユウキはぼんやりと考える。

顔を上げた楓果は泣いていなかった。目元を真っ赤にして息をつくと、くちびるを震わせる。

「……天真と、連絡を取らせて。連絡先ぐらい知ってるんでしょ」

ユウキをちらりと見てから、驚いている能見をまっすぐに見つめ返す。

「どうするつもりだ」

「一緒に消える」

「今までの繰り返しだよ。もっと酷いことになる」

声をかけたユウキは椅子から立ち上がり、ヘッドボードにもたれている楓果のそばへ寄った。

「クスリのブツの隠し場所を話した男いたでしょ？　偉い人のパートナーだから。きっと力になってくれる」

「私、そんなことのためにアレを渡したんじゃないの。あれがあったら、天真は絶対に尚貴に使う。そう思ったの。だから、誰でもよかった。助かろうと思ってやったわけじゃない」

髪を指先に絡め、楓果はうつむいた。

「これきり。これきりにするの」

ぼんやりとつぶやく声に、

「無理だ」

と能見が答える。道理だ。でも、ユウキは耐えきれずに言った。

「行かせてあげてよ」

「ユウキ。こいつを連れ戻すのも、俺の仕事だ」

「知ってる。でも……そうさせてあげて」

「できるわけないだろ」

「佐和紀に言えばいいだけでしょ。この子が盗んだクスリを佐和紀が回収したんだから、利用されたのは僕らの方かもしれないんだよ」

「まさか」

「佐和紀たちだって本職のヤクザだよ」

「あんたたち、いいカップルだね」

楓果が年相応の笑いを浮かべ、身を乗り出す。ユウキと能見を見比べて、細い肩をひょいとすくめる。

「天真と連絡を取る前に、尚貴へ手紙を書かせて」

能見が心配そうな顔でユウキを見る。そこにあるのは、組の仕事をやり遂げられないことへの不安じゃない。

楓果のサバサバとした表情への違和感だ。

ベッドを下りて、小さなデスクの引き出しから便箋《びんせん》を取り出す楓果の背中を、二人はそれぞれに見る。

華奢な背中は頼りない。でも、手紙を書き終えるまで、楓果は震えもしなかった。泣きもせずにペンを走らせる。

ユウキには彼女の覚悟がわかる気がした。戻ってどうなるのかなんて考えていない。どうにもならないから、戻るだけだ。

「ユウキ」

能見に小声で呼ばれ、静かに首を振った。

どうせ横浜へ行っても、彼女に未来はない。何ごともなく解放されても、愛した男はいないのだ。

それも生き地獄だ。それなら、自分で選んだ不幸へ歩ませてやりたい。

手紙を書き終えた楓果はユウキの仲介で天真と連絡を取り、繁華街の入り口までユウキと能見は付き添った。

それから、天真が迎えに来るまではビルの陰で見守る。

春先の空には細やかな雪がちらつき、北国の寒さは足元から二人を凍えさせた。

「ユウキ、あいつ死ぬつもりなんじゃないか」

能見がこらえきれないように口にする。

「生きてる限り、天真は尚貴を食いものにするからね……」

仕留められるだろうかと、それはもう言葉にしなかった。驚いたように振り向く能見に視線を返す。

できるかできないか、それは彼女だけの問題だ。この先は、能見にもユウキにも関係ない。

やがて天真がやってきて、二人は繁華街へと消えていく。

ホテルに戻ったユウキは、能見と一緒に楓果の残した手紙を開いた。そこに書かれていたのは、尚貴への罵詈雑言《ばりぞうごん》だ。

口汚い言葉で、尚貴よりも天真を選ぶ理由が書き連ねてある。

読めば、誰でも楓果を悪く思うだろう。そんな身勝手な別れの手紙を、黙々と書き綴《つづ》った楓果の心が寂しい。

ユウキは震える手で手紙をたたむ。ビジネスホテルの狭いテーブルの上に投げ出して、隣に立つ能見にしがみついた。

＊＊＊

「あれは、少し前の僕の姿だ」

窓の外に流れる景色を見て、ユウキは小さな声でつぶやいた。

楓果を見送った翌日。海岸線を走っていた車は減速して、近くの展望スペースで停まる。

シートベルトを外した能見が運転席から振り向く。黙ったまま見つめられ、ユウキは震える声で続けた。

「不幸の中でしか息のできない、人間の生き方だ」

涙が溢れて、こぼれ落ちる。両手で顔を覆い、浅く息を繰り返す。運転席を降りた能見が助手席に回ってきて、ドアを開けた。

膝に置いた花束を持ち、ユウキのシートベルトをはずす。それから腕を引っ張られた。のそのそと車を降りて、海を見下ろす岸壁に立つ。フィルムをかけていない、束ねただけの小菊の花束を、能見が遠くへ投げる。

花は吸い込まれるように落ちていき、眺めていたユウキは手を摑まれた。合掌するように促され手のひらを合わせると、横に並んだ能見も手を合わせた。

崖《がけ》から身投げしたカップルが見つかったのは、早朝のことだ。

吉木から一報が入り、男は溺死《できし》、女は意識不明の重体だと伝えられた。天真と楓果かもしれないと不確定だった情報は、その後すぐに身元が判明した。男は天真、女は楓果だ。

能見とユウキは、それを尚貴に伝えなかった。昨日のうちに別れの手紙を受け取った彼は、それだけで息もままならないほど嘆いたからだ。

その純粋さを、楓果がどれだけ愛したのか。知っているのは、彼女だけだ。他人から見ればどれほど頼りない男でも、人間として扱ってくれる、ただそれだけの優しさに救われる愛情もある。

「俺の生徒に使ったクスリ。楓果はあれを残してたんだな」

「……そっか。……生き残るなんて、どこまでも不幸だね。あの子」

「冷たいな」

そっけなく言った能見の腕が肩へ回る。抱き寄せられるままに身を寄せた。

「でも、あんな男と死ぬ瞬間まで一緒なんて、それこそ地獄だ。……よかった、のかも、ね……」

「悲しくないのか。一応、あいつは、死んだんだぞ」

能見に顔を覗き込まれ、ユウキは小首を傾げる。

自分がされたことよりも、楓果にしたことを想像して、胸の奥に憎悪が湧《わ》く。

「僕も、一緒に死のうと思ったことがある。天真はね、人を試すんだよ。死のうって、簡単に誘ってくる。もしかしたら、楓果のことをそうやって誘って、始末するつもりだったのかもしれない……」

「岩下さんが許さないはずだな。ほんと、俺なんかと、よくくっつけてくれたよ。つくづく思う」

「……どうして」

「いや……俺も、そこそこ最低だ」

「でも、佐和紀が認めてたでしょ。最初はさ、かなり適当なのをあてがってきたなって、思ったけどね」

「思うよなぁ。普通は思う」

「……いまは感謝してる。佐和紀がいなかったら、義孝には会えなかったでしょ。だから、佐和紀のことだけは、これから先も、身体を張るから……」

「そんな覚悟、するなよ」

「ううん、いいの。投げやりな気持ちじゃないんだよ。だからね。二人で利用しよう」

向き直って、能見の頬を両手で包む。爪先《つまさき》立って、くちびるにキスをした。

「僕は、義孝のためなら、佐和紀のことも周平のことも、きちんと利用する。だから、義孝も、そうして？　横浜へ戻ったら、佐和紀が遠野組へ行ってくれるって」

楓果を連れて帰れなくなった顛末《てんまつ》について口添えしてくれるのだ。

「……納得できない」

そっぽを向いた能見は、不満げに顔をしかめた。

「守るよ、義孝」

胸にしがみつくと、腕が背中へ回る。

「なんでだよ。俺がおまえを守るんだろ？」

「どっちでもいいよ。二人でひとつだもん」

仰ぎ見たユウキのくちびるにキスが落ちる。国道を走る車から見られても、気にすることは何もなかった。

ユウキの目には、能見しか映っていない。

「まぁ、小難しいことはおまえに頼りたいな。なんせ、頭まで筋肉だからな、俺は……」

そう言って、笑いながら抱き上げられる。

「これからもよろしくな、俺のお嫁さん」

能見を見下ろすことになって、ユウキははにかんだ。

天真には悪いけれど、さよならを言う気もない。

いつか天罰が下ると、そう予言しなかっただけ優しさだと思う。あの男は一人で地獄へ行くのだ。自分の人生を過信した代償に、たった一人で死んでいく。

だから、あの日々も、もう遠い過去のひとかけらだ。

わずかな希望のかけらを大事にして、心慰めるように眺める必要もなくなったいま、ユウキを縛り続けた魔法はもう解けて跡形もない。

そんな不確かなものに守られなくても、もう未来は手に中にある。絶望とは縁を切った。

幸福を失うのが怖くて不幸にすり寄るような、そんな生き方はしない。

ユウキの幸せが能見の幸せなら、全力でそれを勝ち取るだけだ。十二時を過ぎたシンデレラの手元にガラスの靴の片方が残されたように、奇跡にはいつも可能性が残る。そしておとぎ話はいつも都合よくハッピーエンドだ。

逞しい腕に担がれて眺める高い場所からの景色は、どこまでもクリアで目新しかった。断崖の岩場が見え、波が砕ける。

ふいに怖くなったが、腰を抱き上げる腕は力強く、風が吹いても揺るがない。

「いい景色だよ、義孝」

「おー、よく見ておけよ」

軽い口調で答えた能見は重さをものともせず、いつまでもユウキを抱いていた。

7

北の町から横浜へ戻ると、季節はもうすっかり春だった。

日差しはぽかぽかと暖かく、桜も咲き始めている。鈍色に光る日本海の暗さとはまるで違う景色にも戸惑ったが、久々に見た佐和紀の和服姿にも能見はたじろいだ。

この数日間、旅先のスカジャン姿ばかりを見ていたから、すっかり忘れていた。柔らかな絹に身を包み、衿《えり》をしごく仕草がしどけない。

まるで往年の仁侠《にんきょう》映画のように時代錯誤な男は、能見との約束通り、遠野組の事務所にいた。

他の組事務所へ出入りすることのない『御新造さん』の来訪に、強面《こわもて》の組長もすっかり浮足立ち、しがない使いっ走りの弁明を聞くという本題はすっかり忘れ去られた。さっきから、あれもこれもと茶菓子を勧めている。

つまらなそうな顔をした佐和紀は、どれもこれも断り、最後の最後でため息をついた。

「話、してもいいですか？」

怒ったような声で言われ、構成員にはめっぽう当たりの強い組長が困りきった顔になる。

佐和紀はそれも無視した。

「世間話をしに来たわけじゃないので。だいたいの話は通ってると思いますけど、今回は、こちらで『お預かり』の能見さんに、ずいぶんとお世話になりました。と、うちの旦那が」

「補佐が」

組長が繰り返す。佐和紀は小首を傾げた。

隣に座る能見には、白檀《びゃくだん》の匂いが届く。深く吸い込みたくなるような、懐かしさのある匂いは、ふわりとはかない。

黙ってそばにいればいいと言われた通り、スーツを着た能見は座っているだけだ。部屋には組長の他に若頭も座っていて、後ろには構成員が数人並んでいる。

能見の後ろにも、佐和紀の世話係が三人勢揃いで並んでいた。こんなことはめったにない。

思った以上に大がかりだが、佐和紀は動じることもなかった。

組事務所の入り口でビルを見上げ、「めんどくせぇ」とチンピラ口調でぼやいていていたことも嘘のようだ。

「沢渡組の件は解決したはずだな。他にもまだ、何か?」

若い頃に怒鳴りすぎて喉を潰したと噂の若頭が、ガラガラ声で言う。威圧的な物言いには、わざわざ嫁を寄越した若頭補佐への警戒心が見え隠れする。

「こちらに田淵という構成員がいるでしょう。どうするつもりですか、と。そういうことを内々《ないない》に聞いて来いと言われました」

「どうするもこうするも、あんたらには関係のないことだろう」

能見を脅した田淵は、あれからすっかり姿を消している。飯塚の話では、捜索の手が回り、身柄は押さえられているらしい。それが大滝組なのか遠野組なのかは不明だ。

一方、楓果を連れ戻せなかった能見にはペナルティもなく、どちらかといえば、誰もがそんなことを忘れていた。肝心のブツが出てきたことに話題が集中していて、楓果を締め上げる必要もなくなったのだ。

能見を労《ねぎら》ってくれたのは飯塚だけだった。

「田淵が、能見さんを脅していたと知ってますか」

佐和紀の言葉に、若頭が目を細めた。

「ほぉ、それは……。あんたも相談してくれればいいものを。組の中の揉めごとだ。こちらで解決しますよ」

能見にチラリと視線を向け、話を切り上げようとする。幹部はすでに田淵のしたことを知っているのだろう。

大滝組に名を連ねる遠野組にとって、ご法度のシノギに手を出したばかりか、系列の組の幹部を中毒患者にしてしまった失態は、口が裂けても言い出せない。

証拠を出されて問い詰められ、それでもしぶしぶ認めるのがセオリーだ、と飯塚が言っていた。ルール違反のペナルティとして多額の罰金を課せられたら、カチコミをかけられる以上の大損害になるからだ。

黙っていた組長が、ふいに口を開く。

「以前から、そこにいる能見には期待が集まっていてな。そろそろ盃でも、と話が出ていたところだ。そうなれば、内外にも名が売れる。下手なことを考えるヤツも減るだろう」

いきなりの話に、能見はハッと息を呑んだ。

周りから散々ヤクザにはなるなと言われ、能見自身もようやく、才覚もないのに盃をもらう恐ろしさを理解したばかりだ。なのに、ここで組長の口から言い出されては、断りきれない。

とっさに身を乗り出したが、後ろに立つ三井に押さえられた。

「田淵に対する絶縁状を回してください」

組長の話を無視して、佐和紀が言う。

「理由がないな」

切り返した組長が表情を引き締めた。若頭も視線を鋭くする。

だが佐和紀は動じなかった。

「そんなものはそっちで考えてください。……田淵のブツを回収したのは俺なんだよ？」

佐和紀の口調が、急にくだけたものになる。

「能見のことを考えて、旦那に話《ナシ》つけたけど。そうじゃなきゃ、そちらの二人とも、連帯責任で引っ張られてるんじゃないかな」

佐和紀と向かい合う組長と若頭が同時にたじろいだ。

警察か、組本部か。どちらが動いても、おおごとだ。顔色が変わるのも無理はなかった。

「能見さんをよその組に預け直しても、俺はね、別に構わないんだけど……それじゃ、あの道場が宙に浮くでしょう。こちらのシノギも減ると思うんですよね。だから、しばらくはこのままでいいんじゃないですか？　それに、彼は盃なんて面倒なことには向いてないので、これから先も『預かり』のまま、お願いします」

「それは勝手な話だ」

組長がぐっとあごを引く。

「うちは託児所じゃない。遊びで面倒を見てるとでも思うのか。御新造さん、あんたは世間知らずだな」

威厳のある声に、その場がピリッと締まった。流れが佐和紀から離れていく気配を感じ、能見は落ち着かない気分になる。

二人のやり取りには、自分の将来がかかっている。それはつまり、ユウキの将来もかかっているということだ。

そろそろおとなしく座っているのも限界だったが、腰を浮かしかけたところで、今度は石垣に肩を叩かれた。能見はまた黙って座り直す。

隣の佐和紀は姿勢を正し、スッと手をあげる。

後ろに控えていた岡村が、スーツの内ポケットから封筒を取り出し、振り向きもしない佐和紀に渡す。

「おっしゃる通りの世間知らずで、これを何の名目で渡せばいいか、見当もつかないんですけど」

「そんなものは受け取れない」

組長がぴしゃりと拒否する。佐和紀はなおも、テーブルの上に押し出した。

「能見には嫁がいます。彼の実家のこと、お聞き及びなら、忘れてください」

「それはこっちが考える」

「……そう言わず。田淵の起こした厄介事で、いまさら『もらい火事』は嫌でしょう」

「あんた、どこまで知ってる」

「世間知らずの男嫁だ。いったい何を知ってるって思うんですか」

能見が振り向くと、佐和紀はにっこりと笑っていた。

「そういえば、娘さんにお子さんが生まれたそうで。そのお祝いということで、ひとつ」

「……あれは田淵が勝手にしたことだ」

「そうでしょうね」

「念を押してくれるということだな」

「そんなこと口にしたらダメですよ、組長さん。それじゃあ、こっちが『お祝い金』をもらわなくちゃいけなくなる」

佐和紀の差し出す封筒を、組長がおずおずと受け取る。

「能見はいままで通りに扱う。『いままで通り』で、いいんだな」

「はい。必要に応じて、うちの旦那が借りますので、その際にはどうぞよろしくお願いします」

佐和紀が席を立ち、頭を下げる。能見も慌てて従った。

そのまま外へ連れ出され、あっという間に車へ押し込まれる。

見送りを受けながら事務所を離れ、国道沿いのレストランへ入った。

「『いままで通り』なんて、無理だろ」

火のついていない煙草を口に挟んだ三井が笑う。

喫煙スペースの一画を陣取り、ライターの火をつけた三井は、まず右隣の佐和紀に向ける。それから左隣の能見の煙草にも火をつけた。

前に座る岡村と石垣はさっさと自分のライターを出す。

テーブル中に煙が広がり、壁にもたれた佐和紀は眉をひそめた。

「煙たい」

「横暴……」

ロン毛の三井がぼやいたが、手早く煙を吸った岡村と石垣はすぐに煙草を揉み消した。三井の煙草も石垣にもぎ取られる。

「え、これはどうする」

残された能見は、思わず聞いてしまう。斜め前の石垣が笑った。

「能見さんはどうぞ」

世話係じゃないからと、口には出さない線を引かれる。この三人は意外に排他主義だ。でも、それはいまに始まったことじゃない。だから気を取り直した。

「っていうか、奥さんすごかったな！　ヤクザ映画みたいだった」

純粋な感想が溢れ出し、能見は興奮した口調でまくし立てた。

それを佐和紀の前に座る岡村から鼻で笑われる。癇《かん》に障って顔をしかめると、視線が合う。

「他意はないから」

と冷静に言われ、能見はますます苛立った。

「……仲良くしろよ」

二人のやり取りに気づいた佐和紀がつぶやき、岡村はおとなしく「はい」と答える。それを見た石垣が肩をすくめて笑った。

「これで、能見さんは、うちの姐さんが遠野組に預けてる、って構図になったわけだけど……理解してる？」

「してないんじゃない？」

答えたのは三井だ。目をぱちぱちさせた能見は、煙草を二口吸い、やっと意味を理解した。ハッとしてのけぞる。

「マジで。じゃあ、どうなんの」

「どうもならないよ。まぁ、面倒な仕事は減るだろうな」

三井が言う。

「どうすっかなって、そういう話は前からしてたし。あー、俺らの方でね。まぁ、うまくまとまった」

「最悪は、アニキが借りっぱなしにするしかないって話だったんだけど、それだと派手すぎるから……」

石垣の言葉に、また三井がうなずく。

「足元見られたら、レンタル料がバカ高くなるし」

「……どうして、そこまで」

能見の素朴な疑問に、世話係三人から一斉に視線が向く。

「ユウキのためだ」

岡村に言われ、能見はきりきりと眉根を引き絞る。同じセリフでも、三井たちが言うのとは違って聞こえてしまう。

「あんた、まだ誤解してるのか」

「五階も六階もあるか。ユウキのこと、かわいいと思ったことあるだろ」

「……ないよ」

迷惑そうに顔を歪めたが、信用ならない。

「何、これ」

三井がひやひやと笑いながら能見と岡村を見比べる。

「シンさんは、能見さんの仮想ライバル」

石垣がしらっと答える。

「仮想ってどういうこと？」

佐和紀が煙草をふかした。

「……誰かさんは最近、上司に似てきたって、あちこちで大評判だからです。この前もラウンジで、隣に座りたい女の子が二人で取っ組み合い始めて」

「タモツ」

岡村がたしなめたが、おもしろがった佐和紀に促されて続く。

「結局、二人が挟んで座ったんだけど、今度は振り向く回数でケンカ。落ち着いて飲めないから店変えたんですよ」

「シンさんは優しく見えるところがあるからなぁ。……いや、基本、優しいんだけど」

三井も笑う。話題の中心に据えられた岡村は、居心地悪そうに石垣を睨んだ。

「妊娠騒ぎだけは勘弁しろよ。そういうの嫌いだから。……まぁ、能見のことは、これで万事うまくいった感じだな。樺山さんへの報告とか、済んでんの？　褒められた？」

「それは今夜。夕食に誘われてる」

「褒められるよ」

陽気に持ち上げられても、気分が乗らない。どうせ難癖つけられて、チクチクいじめられるのだ。わかりきっている。

「ないだろ……。俺、奥さんとは違うから。どうやったら、あんなにカッコよくできんの」

「カッコよかった？」

自分を指差した佐和紀は、急にご機嫌になって世話係を見回す。手放しに褒めるようなおべっかを使わない三人が、それぞれの仕草で深くうなずく。

「膝とか肘とか見せないで偉かった。あんたは困るとすぐに色仕掛けだからな」

三井がしみじみと言い、

「あれだけはやめてくださいね。これからも、絶対」

石垣が熱く訴える。

「そういう方法かよ。あんたしか使えないじゃん。ずるいだろ……。えー、俺も、胸とかはだけさせとく？」

冗談めかしながら、能見は頭を抱えた。

「ますます嫌われるだろうな」

正論を口にするのは岡村だ。カッとなった能見はテーブルを叩き、無言で指先を突きつけた。

でも、後の言葉が続かない。顔をしかめて、仕方なく尋ねる。

「じゃあ、どうするんだよ」

「相談してんじゃん。ライバル心は、どこ行ったんスか」

三井にゲラゲラと笑われる。岡村が迷惑そうに、能見の指を押し下げた。

緊張して参加した夕食は樺山の屋敷ではなく、ホテルの中にある高級な鉄板焼きの店だった。しかもカウンター席でユウキを挟んでの横並びだったから、世間話以上のやり取りはしなくて済んだ。

樺山と食事をするのは、マナーから何からすべて気をつかう。正直に言って、顔を見ずにいられるのは楽だ。食べた肉の美味しさも、生ビールの弾けるホップの香りも心ゆくまで堪能できる。

食事を終えてからはバーラウンジに移動して、ソファ席を囲んだ。尚貴の一件は忘れられたかのように話題にならず、能見はそんなものかと思った。

ウィスキーの水割りを飲む樺山はあまりしゃべらない。もともと寡黙な男だ。隣に座ったユウキが歌うように話すのを、背もたれに腕を伸ばして聞いている。

シワが刻まれ、たるんだ皮膚をしていても、紳士然とした樺山は颯爽《さっそう》としていた。座っている姿もすがすがしい。

そんな樺山が見つめるユウキは、しきりと上機嫌だ。

まくり上げた袖から見える白い肘先が、柔らかな色のニットジャケットによく映える。笑う顔は花がほころぶようで、樺山とのツーショットが絵になっていた。

年齢が離れすぎているのがどこか残念に思え、だからこそどこか淫靡《いんび》で想像力を掻き立てられる。そんな妄想をしているのは能見だけじゃない。二人の関係を探ろうとする気配は、あちこちの席からチラチラと飛んでくる。

「大悟さん。眠くなってきた？」

ウェイターを呼び、氷抜きの水を頼んだユウキは、樺山の首筋へそっと手を当てた。

能見はまったく気づかなかったが、酒が回り始めているらしい。本人はだいじょうぶだと答えたが、ユウキは首を左右に振った。

「いつもなら、お休みになる時間でしょう。ごめんなさい。楽しいから、つい……」

腕時計の針は十時を示している。

「人を年寄り扱いしているな」

「だって……そうでしょ？」

離れていくユウキの手を、樺山が摑んだ。孫にするような仕草に見えて、ほんのわずかな恋情が潜む。

能見は視線をそらして席を立つ。タクシーを頼むつもりでいると、樺山に呼び止められた。

「一台で構わない」

そう言われて、首を傾げた。

いつもは二台、ロビー前に確保してもらう。一台は樺山とユウキを乗せて屋敷へ、もう一台は逆方向の能見を独り住まいのマンションへと送る。

「明日の用事がないなら、泊まっていくといい。……ユウキ、喜びすぎだよ」

苦笑した樺山は、見るからに嬉しげな義理の息子を覗き込む。

能見は素直になれずに戸惑った。いつもと違う態度に、何か不吉な裏があるのではと思わずにいられない。

結局、樺山の言う通り、一台のタクシーに三人で同乗して屋敷に戻った。

助手席に乗った能見が降りると、迎えに出てきた家政婦が料金を払う。

「あぁ、すっかり疲れた。肉はうまいが、消化に体力を使う……」

そんなことを言いながらロビーへ入った樺山は、階段の途中で足を止めた。

「明日の午前中は、三人でテニスでもどうだ」

夏の軽井沢で教えられたきりやっていないが、誘われて断ることはできない。

いっそ、組の仕事でも入らないかと思ったのを見透かされ、老成した冷たい視線で射抜かれる。

「河島から感謝されたよ。息子は世間を知ったらしい。女はまだ眠ったままらしいが、入院治療費は持つそうだ。尚貴くんは知らないがな」

「……そうですか」

「大変だったか」

依頼が重なったことだと気づき、能見は表情には出さずに拳を握りしめた。

「そう落ち込むこともないだろう。終わりよければすべてよし。私の面目は立った。礼を言うよ」

「大悟さん……」

能見に寄り添ったユウキが、階段の途中に立つ樺山を見上げる。

「ユウキ。……君の婿殿にも、世間というものをもう少し知って欲しかっただけだ。試したわけじゃない。……明日の朝食は遅くて構わないよ。テニスの予定を忘れずに。おやすみ、ユウキ。……おやすみ、義孝くん」

呼びかけられた能見は、頭の中が真っ白になる。

初めてだった。泊まっていけと言われたことも、礼を言われたことも、そして、下の名前を呼ばれたことも。

「おやすみなさい、大悟さん」

腕にぶらさがるようなユウキの重みに、能見も口を開く。

「おやすみ、なさ……い」

おかしそうに笑った樺山は、そのまま背を向けて、ロビーの吹き抜けの下に据えられた階段を上がっていく。能見はしばらく、ぼんやりと、人影の消えた段差を見つめていた。

何度目かのため息に、またユウキが笑う。

二人で風呂に入ろうとしていると、家政婦がやってきて能見の寝間着とローブを置いていった。

　来客用かと思いきや、すべてに能見の名前が綴られていた。刺繍《ししゅう》はアルファベットの筆記体で、ユウキが着ているものに入っているのと同じだ。寝間着の間には替えの下着も挟まれている。

　厚手のローブは落ち着きのあるグレーで、柔らかな手触りがいかにも高級品だ。ユウキからは「ご褒美だね」と言われ、嬉しいよりも先に恐ろしくなる。風呂に入って髪を洗い、乾かし終えても、ため息はこぼれた。

「俺、何もしてないよな」

　確かに、最終的にはすべてが丸く収まった。だけどそれは、佐和紀と周平の連係プレーの結果だ。能見だけが動いていたら、何ひとつ成功しなかった。わかるだけに落ち込んでしまう。

「あらら。反省中なの？」

　からかうようなユウキが、ベッドの端に腰かける能見の前へ立つ。砂糖菓子のような、スミレの匂いがした。

「欲情させるなよ」

　もう少し落ち込ませろと、恨みがましく視線を向けた。

「だって、どうしようもないでしょ。終わったことだし。うまくいったのに、何が嫌なの」

理解しているくせに、察しの悪いふりをする。ローブのリボンは今日もふっくらと結ばれていた。

「カッコ悪い」

風呂で温まった能見は、上半身裸のままだ。上着を引き寄せると、腕を押さえられた。

「着るの？　どうせ脱ぐのに」

「……だから、欲情させるなって。俺はカッコ悪い男なんだ。おまえを抱く権利なんか、あるのかなぁ」

腰を抱き寄せ、ローブに頬を押し当てる。花の匂いを吸い込んで、さりげなくヒップのラインを撫でた。

「カッコ悪くなんてない」

ユウキの手が髪をかき混ぜる。ゆっくりと優しく、短い髪が指に撫でられる。

「義孝の仕事は、別にあるでしょ。あの二人みたいに、ルールのない勝負には参加しないで」

「……男らしくない」

「関係ないよ、そんなの。たぶん、大悟さんはそこを見てたんだよ。……ヤクザになってたら、失格だった」

「そっか」

息をついた胸に、答えが落ちてくる。

「岩下さんと相談済みってことか」

それでも危ない橋だったことは確かだ。もしも選択を間違っていたら、ユウキとは別れることになっていたかもしれない。

尚貴と楓果のように。

そう思ったことは、言わないでおく。

「慰めてくれる……?」

能見が甘えるような目で見ると、幼さの残る瞳をしたユウキが微笑む。ローブのリボンをそっとほどいた。

はらりと揺れるその奥は、生まれたままの姿だ。合わせを摑んで、自分だけに見せられる肢体を眺める。

「やーらしぃ……」

膨らみのない胸。肉の薄い腹部。そして、艶めかしくつるりとした、その場所。恥ずかしがる身体は、ほんのりと桜色に染まる。

「好きにする?」

甘くささやかれて、

「されたいの？」

裸の腰に腕を回した。まだ柔らかいが、確かに反応しているそれの存在を感じながら、ぎゅっと抱きしめて顔を上げる。

「され、たい……」

期待している場所を手のひらで受け止め、見下ろしてくるユウキへと視線を向けたまま、愛撫の舌を伸ばした。

「逃げんなよ」

びくっと震えた腰を追い、先端をぬるっと口に含んだ。ユウキはそこまでスミレの匂いだ。ローブについた香りが移っている。

ぬるぬると舐めながらベッドの上に誘い、やがて能見は優しさの素振りを捨ててオオカミに変わる。スミレの匂いの赤ずきんは、震えながら身体を開き、結局はオオカミごとすべてをぺろりと食べてしまう。

かよわい腕に抱き寄せられ、必死になってしがみつくのは能見の方だ。

叫びたいほどの快感を貪《むさぼ》って腰を振り、なんとか相手を泣かそうと試みる。努力が実った暁には、甘い砂糖菓子のような匂いをさせるユウキの爪《つめ》が肌に食い込む。

泣きながら快感を訴える身体は細く華奢で、能見はそれさえ狂おしくなって吠《ほ》えた。

触れ合っている場所が燃えるように熱く、上になって下になって、突き上げて絞られて、そうしている間に夜は更けていった。

いつまで続けたのかわからないセックスの途中で眠り、目覚めてもう少しだけ貪った。そして深い眠りに落ちる。

ユウキを腕に抱いてふたたび目覚めたのは、早朝の爽やかな光がカーテンの隙間から差し込む頃だった。

眠った時間は短いのに、頭はやけにすっきりとクリアだ。

久しぶりにぐっすり眠った気がして、腕の中の華奢な青年を抱き寄せる。能見があてがった上着に袖を通した寝顔はまるで未成年だ。本人が心配するほどには変わっていない。

でも、成熟した身体と精神《こころ》を備えている。出会った頃から変わらない強さだ。虚勢の部分もあるが、死なずにここまで生きてきたという現実が、何よりの証拠だった。

安心しきった顔は、いつまで眺めていても見飽きず、まぶたが覚醒《かくせい》の気配を見せたときには、もったいないような気分になった。

「あぁ、いた……」

夢じゃなかったと、息を吐くようにすがりつかれて、朝の生理反応がさらに反り返る。

気づいたユウキは、じっとりと能見を見た後で笑顔になる。

「後でしてあげるから、もう少し抱いてて」

「……あぁ……うん」

俺だってそればっかりじゃないと言いたかったが、かわいく諭されると、黙って従うしかない。おとなしい大型犬のふりで、能見もユウキを見つめた。

どちらからともなくくちびるが触れ合い、全裸のままで眠った能見の肌にも、はだけた上着から出ているユウキの芽生えが触れる。

反応を知られて恥ずかしがった愛らしさに、息をするのも苦しくなり、能見はできる限りの真面目さを取り繕った。でも、下半身は息をするごとに伸び上がる。

「オオカミさん、昨日は激しかったね」

寝ぼけてかすれたユウキの声。

まだうっとりと開ききらない夢見る瞳。

なにか、とてつもなく非現実的な魔法をかけられたような、語彙《ごい》力のない能見には表現しきれない不可侵の魅力に脳が焦げつく。

昨日の夜のすべてが甦り、

「それは……おまえを……イカせるためだ……がおー」

がばっと抱いて、もう待ちきれずに手を這わせる。胸を揉みしだき、首筋にむしゃぶりつく。

「があー、じゃ、なっ……。あっ……こすり、つけな……」

「おまえもしてんじゃん。……俺の赤ずきんちゃん」

真っ赤な純情の下にある、真っ白の欲情がいとしい。

「あんまり、しない……で。テニス……」

「わかってる、けど……。イッてくれよ。朝一のエッチで……な?」

めったにできない起き抜けの一発に、能見はもう夢中だ。呆れたようなユウキを、なんとか押し切ろうと必死になる。

「あっ、朝から……そん、な……っ」

逃げる身体を引き寄せる。四つ這いで押さえつけ、能見はがうがうと吠えながら布団の中へ潜り込んだ。

ユウキの笑い声がくぐもって聞こえる。細くきれいな脚は、すぐに左右に開いた。

カーテンの隙間からこぼれる光は、もう春だ。

敷地内に咲く桜の花が、二人に気づかれぬうちに膨らんで、音もなく静かにほころび始めていた。

あとがき

こんにちは。高月紅葉です。

『春売り花嫁といつかの魔法』をお手に取っていただきまして、ありがとうございます。前作『春売り花嫁とやさしい涙』同様、かわいいタイトルでシビアな内容という仕様になっております。

おそらく、掘れば掘るほど悲惨な過去が芋づる式に出てきそうなユウキです。能見の方はあれこれと振り回されたり、うまく立ち回れなかったりで、結局のところ、今回も佐和紀が暴れて終了になりました。ヤクザキャラの攻としてはどうなんだというご感想は当然かと思います。私もそう思います。でも、ご容赦ください。そういう世界観です。

能見は格闘家であってケンカ屋ではないので、ルール無用の悪党にはなれません。それでも暴漢に襲われたときは強いんですけどね。

ユウキと佐和紀の友情はますます深まりましたが、一方で、周平への恋心はすっかり冷めましたね。周平はそんなに冷酷でもないし、ユウキのことも細やかにフォローしてると思うんですが、もうまったくどうでもいいというユウキの態度がひしひしと伝わってきます。能見に夢中な証拠だと微笑ましく思いつつ、周平とユウキの心が通わなかった理由が垣間見えた気がしました。

恋愛って不思議です。独身恋愛のゴールであるところの結婚をして、新たにスタートする夫婦間恋愛を書いているとつくづく興味深いです。当たり前ですが、能見夫妻と岩下夫妻もそれぞれ違う個性の夫婦間恋愛で、あれこれと揉めながらも主導権の奪い合いです。能見夫妻の関係性も今後変わっていくのだろうなと思います。ユウキは三歩下がってコントローラーを操るタイプかな。佐和紀は『切り込み隊長』なので……。

今回のお話は『仁義なき嫁』シリーズの時系列では、第二部『銀蝶編』の翌年となっています。『銀蝶編』は電子書籍先行配信で文庫化未定ですが、未読でも問題ないように書いてありますのでご心配なく。

末尾になりましたが、この本の出版に関わった方々と、最後まで読んでくださっているあなたに心からのお礼を申し上げます。また次回もお会いできますように。

高月紅葉

本作品は書き下ろしです。

ラルーナ文庫

この本を読んでのご意見・ご感想・ファンレターなどお待ちしております。〒111−0036 東京都台東区松が谷1−4−6−303 株式会社シーラボ「ラルーナ文庫編集部」気付でお送りください。

春《はる》売《う》り花嫁《はなよめ》といつかの魔法《まほう》

2017年8月7日 第1刷発行

著　　者｜高月《こうづき》 紅葉《もみじ》

装丁・DTP｜萩原 七唱

発 行 人｜曺 仁警

発 行 所｜株式会社 シーラボ
〒111-0036 東京都台東区松が谷1-4-6-303
電話 03-5830-3474／FAX 03-5830-3574
http://lalunabunko.com

発　　売｜株式会社 三交社
〒110-0016 東京都台東区台東4-20-9 大仙柴田ビル2階
電話 03-5826-4424／FAX 03-5826-4425

印刷・製本｜中央精版印刷株式会社

 ISBN978-4-87919-995-9